12/06

Sepúlveda, Luis

Nombre de torero

LUIS SEPÚLVEDA

Nacido en Ovalle, Chile, en 1949, **Luis Sepúlveda** ha recorrido casi todos los territo-
rios posibles de la geografía y las utopías, de
la selva amazónica al desierto de los saharauis, de la Patagonia a Hamburgo, de las
celdas de Pinochet al barco de Greenpeace.
Y de esa vida agitada ha sabido dar cuenta,
como dotadísimo narrador de historias, en
apasionantes relatos y novelas. En 1993 **Tusquets Editores** empezó la publicación de su
obra con *Un viejo que leía novelas de amor*
(Andanzas 180), novela a la que siguió *Mundo del fin del mundo* (Andanzas 209 y Fábula 108), un libro entre la investigación y
la denuncia; *Nombre de torero* (Andanzas
220 y Fábula 101), su particular novela negra; *Patagonia Express* (Andanzas 252), un
libro de viajes autobiográfico; *Historia de
una gaviota y del gato que le enseñó a volar*
(Andanzas 280), una inteligente narración
para niños; *Desencuentros* (Andanzas 303),
recopilación de todos los cuentos predilectos
del autor anteriores a *Un viejo...*, y *Diario de
un killer sentimental seguido de Yacaré* (Andanzas 338), sus dos últimos relatos, publi-
cados previamente por entregas.

Libros de Luis Sepúlveda
en Tusquets Editores

Luis Sepúlveda

Nombre de torero

F A B U L A
TUSQUETS
EDITORES

1.ª edición en colección Andanzas: octubre 1994
1.ª edición en Fábula: noviembre 1998
2.ª edición en Fábula: febrero 2001
3.ª edición en Fábula: junio 2005

Diseño de la colección: Pierluigi Cerri

ISBN: 84-8310-605-1
Depósito legal: B. 22.932-2005
Fotocomposición: Foinsa - Passatge Gaiolà, 13-15 - 08013 Barcelona

Impresión y encuadernación: GRAFOS, S.A. Arte sobre papel
Sector C, Calle D, n.º 36, Zona Franca - 08040 Barcelona
Impreso en España

Indice

A mis nobles amigos:
Ricardo Bada
(porque me convenció de que yo era un escritor);
Paco Ignacio Taibo II
(porque me metió en la aventura de la Novela Negra);
y Jaime Casas, alias «El Chancho»
(porque vivió la más negra de las novelas
y nunca dejó de alumbrar)

Primera parte

Tarde o temprano la vida se me pondrá por
delante y saltaré al camino. Como un león.

Haroldo Conti, escritor argentino desaparecido en Buenos Aires el 4 de mayo de 1976

1
Tierra del Fuego: chimangos en el cielo

Al conductor del *Lucero de la Pampa* se le iluminaron los ojos al ver la silueta del jinete a la orilla del camino. Llevaba cinco horas con las pupilas clavadas en la recta carretera y sin recordar otra distracción que el par de ñandúes que espantó con el estridente claxon. Al frente tenía el camino. A la izquierda, la pampa de coirones y calafates. A la derecha, el mar, pasando con su incesante murmullo de odio por el Estrecho de Magallanes. Nada más.

El jinete estaba a unos doscientos metros y montaba un matungo, un caballo peludo que se entretenía mordisqueando hierbas. El jinete tenía el cuerpo enfundado en un poncho negro que cubría también las costillas del animal, el sombrero gaucho de ala corta caído encima de los ojos y no movía un músculo. El conductor detuvo el bus y le dio un codazo al ayudante.

—Despierta, Pacheco.

—¿Cómo? No estaba durmiendo, jefe.

—¿No? Tus ronquidos no dejaban escuchar el motor. Putas que eres buen acompañante.

—Culpa del camino. Siempre lo mismo. Disculpe. ¿Quiere un mate?

—Mira. Duerme o se durmió el viejo boludo.

—Hay una sola manera de saberlo, jefe.

En el bus viajaba un puñado de pasajeros acalambrados por las muchas horas de camino. Algunos dormitaban con la cabeza inclinada sobre el pecho, y los que iban despiertos charlaban con desgano acerca de los infortunios del fútbol o de los precios cada vez más bajos de la lana. El conductor se volvió hacia ellos y, luego de indicarles la quieta figura del hombre montado, les hizo un gesto para que callaran.

El *Lucero de la Pampa* avanzó lentamente, a la vuelta de la rueda, hasta detenerse frente al jinete dormido. El caballo, sin inmutarse, siguió dando dentelladas a las hierbas ralas. Caballo y jinete se encontraban junto a una curiosa edificación de madera, pintada de rojo y amarillo. Era una suerte de palomera levantada sobre pilotes a un metro y medio del suelo. El tamaño de la construcción hubiera permitido a un hombre dormir cómodamente en el interior.

El ronco sonido del claxon alarmó al caballo, alzó el cuello, movió la cabeza de grandes ojos asustados y, al intentar girar sobre la grupa, estuvo a punto de derribar al jinete.

—¡Quieto! ¡Quieto, baboso! —gritó desconcertado.

—¡Despierta, viejo boludo! ¡Un poco más y te

14

atropello! —saludó el conductor entre las carcajadas del ayudante y los pasajeros.

—Infame. Malandra. ¡Mal parido! —contestó el jinete golpeando el cuello del animal para tranquilizarlo.

—No te enojes que te puede dar un patatús. Y échate a un lado que tenemos que meter la correspondencia en el buzón.

—¿Traes algo para mí, rufián?

—Quién sabe. Las ordenanzas dicen que debes buscar en el buzón.

El ayudante bajó a tierra. Se acercó a la extraña construcción, abrió la puerta sobre la que se leía: PUESTO POSTAL CINCO. TIERRA DEL FUEGO; de adentro sacó varias cajas, atados de pieles y un costal con el símbolo del Correo chileno. Con todo eso subió al vehículo y a los pocos minutos volvió a bajar cargando paquetes lacrados y otro costal del Correo. Una vez metidos los bultos cerró la puerta aparatosamente.

—A ver si alguien se acuerda de ti.

El jinete esperó a que el *Lucero de la Pampa* se alejara. Lo vio empequeñecer con la distancia, hasta que no fue más que una balbuceante referencia en el panorama uniforme de la llanura. Entonces espoleó al caballo y se acercó al puesto postal.

La carta decía: «Lo siento, Hans. Los mismos de siempre van por ti. Nos vemos en el infierno. Tu amigo, Ulrich».

—Bueno. Alguna vez tenía que pasar. Hace más

de cuarenta años que espero. Vengan cuando quieran —murmuró releyendo la carta que el viento agitaba en sus manos.

Las espuelas de plata tocaron levemente los ijares del animal, ordenándole iniciar un trote que lo sacó del camino a la pampa de coirones, pastos altos y aceitosos que reflejaban el sol del mediodía. De pronto tiró de las riendas para detener la cabalgada y se paró en los estribos mirando al cielo. A gran altura planeaba una pareja de chimangos carroñeros.

—¿Por qué será que estos pajarracos son los primeros en oler las malas noticias? —dijo en voz alta, y enseguida clavó las espuelas dando la orden de galopar.

Berlín: Aufwiedersehen (Adiós, pampa mía)

«Sé que esta carta tiene muchos altibajos, pero deben entender que la memoria no siempre es infalible, y que ninguna confesión es limpia si viene acompañada por el lastre de la traición.

»He traicionado a un hombre, al hombre que fue mi mejor amigo, pero no creo que las emociones tengan ya cabida en este maldito asunto, de tal manera que expondré los hechos.

»En 1941, Hans Hillermann y yo servíamos en la policía del Tercer Reich. No éramos nazis. No tuvimos ninguna participación destacada en la persecución de los judíos ni en la represión de los opositores. Nuestra misión en Berlín consistía en vigilar la puerta principal de la prisión de Spandau.

»Los inviernos en Berlín eran y siguen siendo crudos. Por ese tiempo, las autoridades de la cárcel habían dispuesto un pequeño cuarto calefaccionado en el sótano del edificio, en el que los guardias solíamos desentumecer los huesos y beber de vez en cuando una jarra de café. Con Hans me unía una larga amistad cimentada en interminables partidas de ajedrez y el secreto deseo de emigrar algún día, de largarnos para siempre a un lugar al que se refería como el último rincón promisorio del planeta: la Tierra del Fuego. Reuníamos información sobre el lejano confín, recortes de crónicas de viajeros, de libros de geografía, que alimentaban nuestra imaginación y los deseos de dejar Alemania. Yo nací en Sajonia. Hans en Hamburgo. El conocía los ambientes marineros de su ciudad y no cesaba de repetirme que embarcarse era relativamente fácil. Teníamos hasta un plan para desertar, pero nos faltaba el dinero. Así pasábamos largas noches en el sótano calefaccionado, moviendo las piezas sobre el tablero y lamentándonos de la pobreza que nos condenaba a los uniformes.

»Alguna vez, ya no recuerdo cuándo, al encontrarnos solos nos atrevimos a forzar la cerradura de una puerta que conducía a una especie de bodega. Sabíamos que aquella dependencia era utilizada por oficiales de las SS, que entraban y salían del lugar metiendo o sacando bultos muy bien empaquetados. Violentamos la cerradura con la esperanza de encontrar un buen vino o una botella de brandy para alegrar la guardia, pero no vimos más que bultos livianos y delgados. Con sumo cuidado abrimos uno y nos enfrentamos a un cuadro. Ni Hans ni yo teníamos conocimientos de arte, pero dedujimos que si las SS conservaban aquellas pinturas tenían que ser valiosas. Recuerdo que Hans dijo: "Mira, Ulrich, parece que nos estamos acercando a nuestro viaje".

»Muchas veces flanqueamos aquella puerta y nos dimos a la contemplación de diversas obras de arte. También muchas veces nos sentimos tentados por la idea de llevarnos una y desertar, pero nos detenía el amargo comprobar que no sabíamos qué hacer con la pintura. ¿Cómo determinar su valor? ¿A quién venderla? Además, en cuanto las SS advirtieran su falta no les sería engorroso dar con los ladrones. Suponíamos la enorme riqueza que teníamos al alcance de la mano, y nuestra ignorancia respecto de ella nos atormentaba. Así pasaron varios meses hasta que una noche de guardia forzamos una vez más aquella cerradura. Esta vez encontramos un cajón de madera muy bien embalado. Lo abrimos cuidando de no doblar los clavos ni dejar huellas en las tablas. Adentro, entre capas de estopa, había una caja menor cerrada con un fuerte candado de bronce. En la superficie del candado leímos: "Lloyd Hanseático, Hamburgo".

»La visión del candado fue una poderosa invitación a abrirlo, y lo hicimos a sabiendas de que dábamos el paso más peligroso de nuestras vidas. Lo que encontramos adentro nos dejó sin aliento: sesenta y tres monedas de oro.

»Nos abrazamos alborozados. Por fin nos acercábamos a la consecución del sueño tan largamente compartido. Hans fue el primero en reponerse de la euforia. Dejó las monedas en la caja y dijo: "Ulrich, tenemos que largarnos ahora mismo.

Estas monedas valen más de lo que podemos imaginar. Nos vamos y ya veremos qué hacemos con ellas. Nos van a buscar por cielo y tierra, así que mientras más lejos mejor".

»Llegamos a Hamburgo en noviembre de 1941. Efectivamente, Hans tenía contactos con los trabajadores del puerto. Mientras esperábamos el barco que nos sacaría de ahí, supe de él muchas cosas que nunca antes me confiara, por ejemplo de su militancia espartaquista y de un hermano suyo, muerto en España combatiendo junto a los internacionalistas de la brigada Thälmann.

»Los espartaquistas del puerto nos escondieron en una casa de Altona.

»Pasamos allí tres semanas esperando el barco recomendado. Viajaríamos en las bodegas de una nave de bandera chilena, el *Lebu*, vapor que dos veces al año anclaba en Hamburgo cargado de madera. Mientras esperábamos, recuerdo haberle preguntado si ya tenía alguna idea acerca de cómo venderíamos esas monedas. Su respuesta no fue de las más tranquilizantes: "Olvídalas, Ulrich. Nunca las venderemos. Debemos esperar a que termine la guerra para ocuparnos de ellas. Entonces veremos si sus dueños quieren recuperarlas, o si las fundimos. Me temo que pasará un largo tiempo hasta que podamos disfrutar de los beneficios".

»Una noche la garra parda llegó hasta nosotros.

»Ignoro si fuimos delatados, o si la casa que nos hospedaba era un objetivo preparado con antelación por la Gestapo, sin embargo Hans logró huir llevándose las monedas.

»Supongo que sobra detallar lo que padecí en poder de la Gestapo. Cuando perdí la cuenta de las semanas, tal vez meses que llevaba en sus manos, decidí que Hans se encontraba necesariamente a salvo, y en las confesiones una y otra vez ratificadas no pasé más allá de reconocer mi complicidad en el robo. Mi pequeña experiencia como policía me dictó que esos hombres no me matarían sin antes obtener la información que les faltaba: el paradero de mi socio.

»Sabían hacer su trabajo. Las palizas, las torturas se sucedían sistemáticamente, pero sin poner en peligro ni mi vida ni mi salud mental. Ellos sabían que un loco se les iría definitivamente de las manos. Soporté casi cuatro años aferrado a las tres palabras que jamás salieron de mi boca y que fijé en mi cerebro como un tatuaje: Tierra del Fuego.

»En junio de 1945 unos soldados rusos me encontraron en los sótanos del cuartel general de la Gestapo. No podía caminar. Una lesión en la columna baldó para siempre mis piernas. Me sacaron de ahí. Vi la luz. Vi Berlín en ruinas. Supe que Alemania había capitulado, que el Tercer Reich ya no existía, que la pesadilla terminaba.

»A los oficiales de inteligencia rusos que me interrogaron les inventé un cuento. Les dije que había sido policía y que caí en poder de la Gestapo por mi militancia antifascista. Para dar credibilidad a la historia cité los nombres de los espartaquistas que nos ayudaron en Hamburgo. Los rusos investigaron. Quiso la suerte que todos esos hombres murieran durante la guerra, y a falta de testigos que contradijeran mi versión, la aceptaron.

»A comienzos de 1946 los rusos me trasladaron a Moscú para recibir tratamiento médico. Con mis piernas no había nada que hacer, y así, luego de pasar cinco años en una silla de ruedas identificando a nazis entre los miles de soldados alemanes prisioneros, me permitieron regresar a Berlín. Mis planes eran salir de Alemania y viajar de cualquier manera hasta la Tierra del Fuego. Confiaba plenamente en que Hans había conseguido llegar allá, y que me esperaba con mi parte del botín. Pero un inválido no se mueve con la misma celeridad con que piensa, y me vi convertido en ciudadano de la RDA, encerrado en una cárcel abierta que juraba ser el paraíso socialista.

»En 1955 tuve la primera noticia de Hans. Ignoro por qué medios consiguió enviar una carta desde Sidney, tal vez un viajero la llevara consigo. El mensaje era muy lacónico, pero lo decía todo: "He sabido que tienes problemas de salud. Estoy donde sabes. Es un buen lugar para reponer los huesos".

»El laconismo de la carta disgustó especialmente a la Stasi. La pesadilla empezó de nuevo. Amenazas. Golpes. Más amenazas. Más golpes. Conocían al dedillo la historia de las monedas y querían saber en qué ciudad de Australia vivía Hans. Cientos de veces me sentaron frente a un mapa de Australia. Cientos de veces les inventé historias. Por fortuna Australia es un continente. En síntesis, viví la existencia de la RDA con prohibición absoluta de salir de Berlín. Cada carta que recibí fue primero leída y analizada por la Stasi, y mi nombre tituló un acta de más de mil folios.

»Cincuenta años conservando el secreto del paradero de Hans y las monedas. Cincuenta años soñando con el reencuentro y con la posibilidad de disfrutar de aquel botín. Cuando la RDA se deshizo como un castillo de naipes, pensé que por fin llegaba el ansiado momento. Disponía de algunos ahorros, suficientes para adquirir un pasaje aéreo a Sudamérica, de un pasaporte en regla, y nada ni nadie me impedía viajar. Eso creí hasta que hace un par de días caí por última vez en manos de sujetos armados, que antes fueron nazis, luego comunistas, y sepa el diablo qué son ahora.

»Me interceptaron en pleno centro de Berlín dos hombres que ya conocía. Ex agentes de la Stasi. "Vamos. Tenemos que hablar de Hans Hillermann", dijeron antes de sacarme de la silla de ruedas y meterme en un automóvil. Actuaron con gran celeridad y no me dieron tiempo de gritar pidiendo auxilio. Tampoco pude hacerlo al bajar, pues me sacaron del vehículo en el garaje subterráneo de un edificio y me llevaron en andas hasta una oficina cuya puerta ostentaba un rótulo de inmobiliaria. Pero desde una ventana pude ver que estábamos en la Kurfürstendamm.

»Por primera vez fui interrogado por un individuo al que llaman "el Mayor". Me enseñó la voluminosa acta con mi nombre y, abanicándose con los folios, me dio a entender que si antes no habían sido más drásticos conmigo, fue porque esperaron pacientemente a que cometiera la gran falla.

»Y la falla no vino de mi lado. El hombre al que llaman el Mayor sacó de su escritorio una segunda carta de Hans, de texto tan breve como la anterior: "Ahora nada impide que vengas. Anuncia tu llegada a donde sabes. Puesto Postal número cinco". La carta venía de Santiago de Chile.

»Un hombre puede soportar mucho dolor. El asombroso mecanismo del cerebro ofrece rincones, regiones de vacío absoluto en los cuales es posible ocultarse, y siempre queda la opción final de dejarse envolver por la locura. Para alcanzar estas dos posibilidades es preciso creer en "algo", y ver, palpar que el silencio mantenido hace que ese "algo" sea inalcanzable para los torturadores.

»Al leer que la carta venía de Chile supe que ya no tenía nada en que creer, y siempre me he visto como a un alemán atípico porque sé perder.

»Al Mayor y sus hombres no podía negarles que Hans se encontraba en Chile y, si les mencionaba cualquier región de ese país como su paradero, procederían a documentarse sobre todos los puestos postales número cinco y, al final, conseguirían el definitivo por un método de descarte.

»Así, traicioné a mi amigo. Traicioné, mas ante la insistencia del Mayor por conocer el nombre de quien nos había ordenado el robo, supe que todavía podía ganar tiempo y complicarle la victoria. Si daba por sentado que alguien nos había ordenado robar las monedas, era porque temía que esa persona llegaría antes que él hasta ellas, y el recuerdo de las palabras "Lloyd Hanseático" grabadas en el candado vino a mi memoria como una carta de triunfo.

»Para ganar tiempo le seguí el juego y mencioné el nombre del jefe de la policía berlinesa en 1941. Entonces vi al Mayor consultar un ordenador, y la pantalla le entregó datos al parecer interesantes, porque se puso eufórico.

»Ignoro en qué turbios asuntos se habrá involucrado mi antiguo jefe ni me importa, sea lo que sea me ayudó a salir de allí. Es obvio que no pensaba huir, ¿cómo hacerlo en una silla de ruedas? Quería salir de allí antes de que el Mayor descubriera que se había saltado una pregunta importante: la identidad actual de mi amigo.

»Me bajaron hasta el garaje subterráneo, subimos de nuevo al vehículo, esta vez el Mayor se unió al grupo, y salimos a las calles de Berlín. "Vas a identificar a tu ex jefe. Nada más. Nos dices quién es y se acaba tu participación en esta historia", dijo el Mayor.

»Yo ni siquiera recordaba los detalles del rostro del hombre que apenas vi un par de veces durante la guerra, pero asentí. El auto se detuvo muy cerca de la Estación Zoológico, uno de los ex agentes de la Stasi empezó a empujar la silla de ruedas y, en cuanto vi que nos rodeaban docenas de paseantes, me lancé al suelo gritando de dolor.

»Inmediatamente acudieron curiosos y personas con intención de ayudar. "Es el corazón. Ya he tenido antes un infarto", dije, y ni el Mayor ni sus hombres lograron impedir que una ambulancia me sacara del lugar.

»A un hombre de setenta y dos años siempre le encuentran anomalías, y más aún si se trata de un lisiado.

»Les escribo desde el hospital de Charlottenburg. Encontrarán a Hans Hillermann y las malditas monedas de oro en la Tierra del Fuego. La única dirección de que dispongo es la que ya he citado: Puesto Postal número cinco. Quiera la suerte que esta carta llegue a vuestras manos y que den con Hans antes que los hombres del Mayor. Mi amigo se llama ahora Franz Stahl.

»De aquí no saldré vivo. Pude contarle la historia a la policía y pedir protección, pero todo este juego ha durado tanto tiempo que sería obsceno darle un final tan necio. Y estoy seguro de que a Hans le gustará jugarlo hasta las últimas consecuencias. A él le he escrito simplemente: "Lo siento, Hans. Los mismos de siempre van por ti. Nos vemos en el infierno".

»Cuando lean esta carta iré en camino. Perdí. Siempre perdí. No me irrita ni preocupa. Perder es una cuestión de método.

»Ulrich Helm.»
Berlín, febrero de 1991

3
Hamburgo: ¡Feliz cumpleaños!

Aquella tarde de febrero me despertó el frío. Salté de la cama soltando chorros de vapor por la boca y lo primero que hice fue comprobar si las ventanas estaban cerradas. Así era, en efecto. Enseguida miré el termostato del calefactor graduado en el número cinco, el más alto, pero el radiador estaba tan frío como el suelo. Me disponía a telefonear al mayordomo cuando escuché que llamaban a la puerta.

Abrí. Un petisito con un pasamontañas azul metido hasta las cejas y que se empeñaba en expresarse en una mezcla de alemán, inglés e idioma de sordomudo, me enseñó un atado de herramientas.

—Lo siento. No compro nada —le dije.

—No. La calefacción. ¿Comprende?

Le dejé pasar. Llegó hasta el radiador, se hincó, soltó un perno, del agujero empezaron a caer gotas de agua aceitosa, volvió a ajustar el perno, palpó por todas partes, movió la cabeza, echó mano de un *walkie-talkie* y habló en chileno clásico:

—La cagamos, huevón. Te lo dije, *over*. ¿Cómo?

O sea que yo tengo que ir por todos los pisos dando explicaciones. A mí no me entienden, huevón, *over*.

El petisito permaneció algunos segundos con el artefacto pegado a la oreja, mas al parecer su colega había decidido cortar la comunicación.

—¿Chileno? —pregunté.

El petisito hizo una señal de afirmación con la cabeza. Seguía esperando a por la voz de su compañero.

—¿Y qué va a pasar con la calefacción? Estamos en invierno.

—Parece que atascamos la tubería central. El problema es saber dónde está el atasco. Vamos a tener que desmontar los radiadores de todos los pisos. Flor de cagada, jefe.

—Entonces empieza por éste, yo debo salir dentro de poco.

—No es tan simple. Hay que esperar al ingeniero. Esto va para largo.

—¿Y qué hacemos? No me pueden dejar sin calefacción.

—No se preocupe. Usted nos deja la llave, pero antes debe firmarnos una autorización para entrar en su piso. Aquí tengo un formulario.

El petisito me entregó una hoja que rellené cumpliendo con la obsesión alemana por las biografías, firmé, y la devolví junto con una copia de la llave del piso.

—Bueno, ahora voy a avisar a los demás inqui-

linos. Y no se preocupe que cuando regrese tendrá
el calefactor funcionando —dijo antes de salir.

—Eso espero. No tengo vocación de pingüino.

En el cuarto de baño descubrí que tampoco había agua caliente, y cuando me resignaba a una
afeitada en seco escuché que de nuevo llamaban a
la puerta. Abrí, y ahí estaba otra vez el petisito, con
el papel que le firmara en una mano y una sonrisa
de oreja a oreja.

—¡Feliz cumpleaños!

—¿Cómo? No te entiendo.

—Está de cumpleaños. Mire, aquí anotó su fecha de nacimiento. ¿Se da cuenta? ¡Feliz cumpleaños!

Cuarenta y cuatro. Petiso de mierda. *Capicúa*.
Sentado en el inodoro resolví que no valía la pena
darle vueltas al asunto. Cuarenta y cuatro. En un
sujeto como yo, el único mérito de haber llegado
a esa edad es justamente eso: haber llegado a ella.
Feliz cumpleaños. Encendí el primer pitillo del día
y vi los libros amontonados en el alféizar de la ventana. Ahí estaban las historias de Paco Taibo, de
Jürgen Aberts, de Daniel Chavarría, que solía leer
entre cagada y cagada con el innegable placer de
los pequeños desquites, porque en ellas los individuos que sentía de mi bando perdían indefecti-
blemente, pero sabían muy bien por qué perdían,
como si estuvieran empeñados en formular la es-
tética de la más contemporánea de las artes: la de
saber perder.

El frío me expulsó del piso. Al cerrar la puerta con doble llave sentí una punzada en los riñones y me pregunté si no sería la súbita certeza de cumplir los cuarenta y cuatro. Empecé a bajar las escaleras. Al llegar al descanso del segundo piso me topé con una pareja de vecinos que subían cargando bolsas de compras. Eran unos vecinos bastante peculiares y dados al deporte de otomanizarlo todo. El tipo practicaba una costumbre epistolar con el mayordomo, y en sus cartas denunciaba como molestas costumbres turcas cualquier cosa que yo hiciera. Si escuchaba tangos a bajo volumen, escribía quejándose de mis liturgias musulmanas y, si ponía algún disco de salsa, entonces sus reclamos apuntaban a la dudosa moralidad de un turco que vivía sin mujer conocida. Les deseé buenas tardes sin el menor interés por que se cumplieran. El tipo respondió con un gruñido, lo que demostraba que no era sordo, pero de la mujer no recibí la menor respuesta, pues se desgañitaba gritándoles a los chicos que subieran de una maldita vez. Seguí bajando y me enfrenté a las miradas desconfiadas de dos niños.

—¿Qué tal, enanos?

—No somos enanos y tú eres un tío muy vago —respondió uno.

—¿Y cómo lo sabes?

—Porque nuestros padres nos dicen que debemos estudiar para no ser como tú, el turco vago que se levanta a las cinco de la tarde —precisó el otro.

—Cántenme algo. Hoy es mi cumpleaños.

—Los extranjeros no tienen cumpleaños —indicó el primero, pero no alcanzó a decir más porque la amorosa voz materna amenazó desde las alturas con una tunda.

Noche. En la calle, el frío de febrero arqueaba los lomos de los caminantes obligándoles a buscar algo inencontrable en el suelo. Alcé el cuello del abrigo y eché a andar con las manos en los bolsillos. Noche. Hasta finales de marzo seguiría sin ver la luz del día, pero aquélla no era una razón para quejarse. Cuando llegaran los interminables días del verano desearía con vehemencia la oscuridad nocturna que hermana a todos los gatos.

Como todas las tardes, un respetable río de orines bajaba por las escaleras del metro. Esquivando las pozas me acerqué a los automáticos de billetes. Como siempre, de los cinco sólo funcionaba uno y, como siempre, junto a las máquinas un puñado de eufóricos borrachos trataba de despachar una bandeja de latas de cerveza en el menor tiempo posible. Metí las monedas del importe.

—¿Eh? ¿Desde cuándo aceptan cerdos en el metro? —escupió uno.

—Lárgate a Anatolia, Mustafá —gruñó otro.

Aunque eran casi las seis de la tarde me pareció que el día comenzaba bastante bien. Sin calefacción, insultado por dos enanos, y luego esos muchachos que apestaban a meados. Una de las ventajas de vivir en Hamburgo consiste en que a menudo se encuentran posibilidades de mover el cuerpo. Un nazi es algo así como un *putchingball* parlante que implora por un par de sopapos, aunque muchos intelectuales decididamente cobardes bajo su disfraz de pacifistas intenten convencerme de que, por ejemplo, en esa banda de borrachos no debo ver a nazis, sino a desencantados del sistema, víctimas alejadas del consumo, como si el nazismo no fuera la quintaesencia de la mierda.

—¿Te largas o no, cerdo *Kanaka*? —consultó otro.

Sí. Aunque eran casi las seis de la tarde el día empezaba bien. «Feliz cumpleaños», me dije, haciendo volar el pie izquierdo hasta la bandeja de latas de cerveza.

Los muchachos retrocedieron hasta una distancia prudencial para desde allí, insultarme mientras yo reventaba latas de cerveza a pisotones. «Feliz cumpleaños», me repetí dando los últimos pasos de aquella danza demoledora y luego me alejé hacia el andén con los zapatos llenos de espuma.

El vagón del metro iba repleto de individuos silenciosos. Algunos me observaron con la evidente desaprobación de todos los días, para volver al curso de alfabetización que les ofrece el *Bild*. Compañeros de un breve viaje de cinco estaciones. Tal vez nunca he coincidido con los mismos, pero siempre los veo iguales. Cansados luego de ocho horas de trabajo en fábricas u oficinas, sin la energía ni el deseo de entrar a un café cálido y sentarse a decidir en qué emplear las dulces horas del ocio bien ganado. Herméticos, dando sorbos a la infaltable lata de cerveza tibia, camino de un hogar silencioso, de un pan silencioso, de unos pepinillos silenciosos, de unas lonjas de salchichón tristísimo, de unas pantuflas incómodas pero que preservan la moqueta, de una cerveza y otra y otra más, frente al televisor a muy bajo volumen para comprobar si el vecino de arriba respeta las leyes del silencio.

Uno de los pasajeros se acercó hasta un afiche de la Oficina del Trabajo. Leyó, de un bolsillo sacó un lápiz y anotó algo en el borde del periódico. También me acerqué al afiche. Informaba de la conveniencia de la capacitación laboral. «Nunca es tarde para aprender.»

¿Y qué podría aprender un tipo como yo a los cuarenta y cuatro años?

Tenía un empleo y debía conservarlo pues las posibilidades de encontrar otro, a no ser cargando bananas congeladas en el puerto, no eran como para saltar de júbilo. ¿Para qué diablos sirve un tipo como yo? ¿Para qué diablos sirve un ex guerrillero a los cuarenta y cuatro años? En la Oficina del Trabajo de Hamburgo no verían con buenos ojos mi solicitud de capacitación laboral si en el apartado «Qué sabe hacer», ponía: Experto en técnicas de chequeo y contra chequeo, sabotajes y ramos similares, falsificación de documentos, producción artesanal de explosivos, doctorado en derrotas.

Tenía un empleo que me permitía dormir por las mañanas y, luego de despertar, empleaba unas horas leyendo historias criminales sentado en el inodoro o en la tina de baño. Por las tardes oficiaba de discreto encargado del orden en el Regina, uno de los últimos cabarets de la Grosse Freiheit. La Calle de la Gran Libertad.

El trabajo no era en ningún caso agobiante ni requería de complicaciones analíticas. Se trataba de llamar a la mesura a los vejetes que, encandilados por un par de tetas, intentaban subir al escenario para comprobar si tales portentos eran truco de siliconas o genuina carne de hembra. También debía explicar a los discutidores de los reservados que las chicas de gargantas profundas no hacían temporada de rebajas y de vez en cuando me correspondía atizar un soplamocos a los avaros que trataban de llevarse sin pagar las braguitas de las estriptiseras. No estaba mal eso de ser un matón de burdel, así que opté por ignorar las sugerencias de la Oficina del Trabajo.

Al salir de la estación del metro el frío mordía las carnes, y las primeras putas vestidas de astronauta ocupaban sus metros cuadrados de calle frente al cuartel policial de la Davidstrasse. Sobándome las manos caminé hasta el *Imbiss* de Zelma. Apenas abrí la puerta del chiringuito, el calorcillo reinante y el aroma del Kebab asándose vertical y chorreante me dispuso a celebrar mi cumpleaños. Zelma, gorda como un tonel, le envolvía a una chica dos porciones de pimientos rellenos.

—¿Qué tal, coterráneo? —saludó.

—Con hambre, coterránea. Con mucho hambre.

—Y con frío, coterráneo. Estás tiritando. Anda, sírvete un vaso de té.

La chica recibió el paquete. Mientras pagaba, preguntó:

—¿Por qué hablan alemán entre ustedes? ¿No son coterráneos?

—Este es turco a la fuerza —indicó Zelma.

—No. Por ósmosis —aclaré.

—No entiendo —dijo la chica.

—¿Sabes lo que es la ósmosis? Es el paso, forzado o voluntario, de dos líquidos de diferente densidad a través de un tubo. A los turcos los hacen pasar por el tubo del odio a fuerza de putadas. Yo no soy turco, por lo tanto merecería pasar por otro tubo, pero me meten en el mismo.

—Bien explicado, coterráneo. Tú deberías estar en el magisterio —opinó Zelma.

—Demasiado complicado para una estudiante. Pero tienes aspecto de turco —agregó la chica y salió con sus pimientos rellenos.

El té caliente, dulce y aromático, me hizo olvidar el frío. Entraron dos muchachos y ordenaron Donner Kebab. Con el vaso de té en las manos vi a Zelma cortar trocitos de la dorada carne de cordero y meterlos en los livianos panes turcos. Era gorda como un barril, pero se movía con la gracia de una bailarina. Tal vez alguna vez bailó la danza del vientre electrizando a tipos bigotudos. Un pañuelo blanco le envolvía la negra cabellera y el brillo infantil de sus ojos oscuros dejaba suponer que tomaba la actividad comercial como un juego. Generaciones de putas se habían alimentado en el *Imbiss* de Zelma, las fiaba en las épocas de vacas flacas, algunas pagaban con dinero y otras con insultos, pero Zelma jamás perdía ni el humor ni el brillo de la mirada.

—Ahora sí, coterráneo. ¿Qué vas a comer?

—Algo muy bueno. Estoy de cumpleaños.

—¡Alí! —llamó Zelma, y del fondo del chiringuito apareció Alí, el esposo, con los ojos enrojecidos de picar cebollas.

A los pocos minutos estaba sentado frente a una bandeja con berenjenas fritas, pimientos rellenos, queso de cabra, peperones, cordero asado y delicados dulces de hojaldre con miel.

—No sé cómo me voy a comer todo esto —dije.

—Con vino —indicó Zelma—. Alí, ¿qué estás esperando?

Alí descorchó una botella de vino portugués y me preguntó cuántos años cumplía. Se lo dije comiendo a cuatro carrillos.

—Cuarenta y cuatro —empezó a decir mientras pasaba cuentas de su rosario—, cuarenta y cuatro. Cuando yo cumplí tu edad decidí que era tiempo de pensar en el regreso a la patria. Con nuestros ahorros podíamos montar un restaurante en Turquía, pero Zelma, ya sabes cómo es, se negó a salir del barrio. Tú deberías pensar en el regreso, muchacho. El tiempo pasa muy rápido y uno se va quedando.

—Joder, Alí. ¿También tú me quieres echar de Alemania?

La risa de Zelma llenó el local, y no paró de reír hasta que juntos me cantaron el *Happy Birthday to you*.

Cuando salí a la calle había empezado a llover. Los anuncios de los *sex shops* se reflejaban en el asfalto y los chulos pasaban en sus Mercedes deportivos controlando la carne expuesta bajo los paraguas. Acababa de festejar mi cumpleaños, y en forma, o por lo menos así lo atestiguaba el sabor de las especias pegado al paladar. Pero también llevaba algo en las orejas y eran las palabras de Alí.

Regresar, volver. Volver con la frente marchita, las nieves del tiempo etcétera. ¿Volver adónde? Lo único que me esperaba en Chile era la convicción de una venganza imposible. No. No era lo único. Había alguien, una persona, una mujer, que tal vez me esperaba, o que tal vez ni siquiera se había percatado de mi ausencia porque toda ella era ausencia y lejanía. Muchas veces me abofeteé la cara para ponerme de frente a la realidad. «Vamos», me dije, «estás en Europa, en Occidente, en Alemania, en Hamburgo, latitud tanto», pero fue como pegarle a la indefensa imagen que ofrece un espejo, porque las rebeldes neuronas se encargaron de recordarme que vivía en el país de nadie que algunos eufemísticamente llaman exilio.

Se exilia el que no conoció más que un lado de la medalla y fomenta sus errores más allá de donde los aprendió, pero el que atravesó todo el túnel descubriendo que los dos extremos son oscuros se queda preso, pegado como una mosca a la cinta impregnada de miel. La luz no existía. No fue más que una invención afiebrada, y la claridad ortopédica del lugar que habitas te dice que vives en un territorio sin salida y que cada año que pasa, en vez de entregarte serenidad, sabiduría, astucia, para intentar la huida, se transforma en un eslabón más de la cadena que te ata. Y te puedes mover, o creer que lo haces, avanzar en cualquier dirección, pero las fronteras irán también alejándose en progresión geométrica a la longitud de tus pasos. No, Alí. De aquí no salgo, a menos que ocurra un milagro, y los viejos guerrilleros no tenemos ni tiempo ni ánimos como para aferrarnos a nuevos mitos. Bastante difícil es cuidar de las sepulturas de los que tuvimos. En el fondo, Alí, lo que tengo es miedo de morir en cueros. Durante años busqué, como tantos, la bala que llevaba mi nombre entre las huellas de las estrías. Era la llave de una muerte digna, vestida con el traje elemental de creer en algo. Pero todo acabó, se esfumó la creencia, el dogma no fue más que una anécdota pueril y me

quedé desnudo, despojado de la más grande perspectiva que marcó a los sujetos como yo: morir
por algo llamado revolución, y que era semejante
al paraíso que aguarda a los pashdarán islámicos,
pero con música de salsa.

Entré al Regina cuando el *show* había comen-
zado. En el escenario una chica simulaba mastur-
barse con un boa de plumas. Ocupé mi lugar en la
barra, mientras a mi lado Big Jim revolvía el sorbe-
te preparado con medio litro de leche, seis huevos,
un puñado de pimienta y un vaso de ron. Lo des-
pachó sin pausas y, al acabar, como siempre masculló el: «Mierda», que se complementaba con un
gesto de repugnancia. Antes de subir al escenario
me palmoteó la espalda.

—Lleno total. He contado cuatro gatos.

—Mala noche, negro. Tal vez mejore para la segunda vuelta.

Big Jim era un paquete de músculos cubiertos
por una tensa pátina negra. Envuelto en la capa de
poliéster que imitaba la piel de un leopardo esperó
a un costado del escenario a que el *showman* lo pre-
sentara.

—Respetable público del Regina..., bueno, es
una manera de decir, nadie debe sentirse ofendido.
¡No tan respetable público del Regina! ¿Ahora sí?
Directamente llegado de Nueva Orleans el coloso
del *peep show* americano. ¡Big Jim Splash, el follador telepático!

Los cuatro gatos de la sala abuchearon mientras

Big Jim avanzaba hasta el centro del escenario arrastrando un taburete. Allí esperó a que el pinchadiscos arremetiera con el primer movimiento de *Also sprach Zarathustra* para quitarse la capa y quedar en bolas.

Los cuatro gatos de la sala eran fonéticamente identificables como bávaros. Con seguridad no entendieron qué quería decir eso de follador telepático y con espasmos guturales quisieron dar a entender que venían a ver a hembras en cueros, en ningún caso a machos, y mucho menos a un negro, pero cuando Big Jim se sentó en el taburete y, moviendo las caderas, hizo oscilar como un péndulo el buen palmo lacio de su virilidad, entonces se produjo el silencio respetuoso que todos los artistas agradecen.

—Mierda de noche. Y tengo que ganar para el arriendo —dijo Tatiana la polaca.

—El frío inhibe. Cuatro gatos —le respondí.

—Cinco. En un reservado hay un tipo en silla de ruedas. Quise hacerle compañía pero tiene un perro asqueroso que no me dejó.

Miré hacia los reservados. Divisé al hombre sentado en una silla de ruedas. Había un balde champañero sobre su mesa. El perro debía de estar debajo.

En el escenario, Big Jim apretaba las manos y las nalgas con los ojos cerrados. La verga había ganado espacio y apuntaba hacia el público su cabezota morada. Big Jim empezó a rechinar los dientes en tanto sus caderas se agitaban en un movimiento ondulatorio.

—¿Me pagas una grapa? Estoy sin una perra —se quejó Tatiana.

—Una sola. Tienes que hacer tu número. Mira. El negro está a punto de soltar las cabras.

—Negro puto. No sé cómo lo hace. Me lo he llevado tres veces a la cama y no funciona. ¿Has visto lo feliz que se pone cuando hay mujeres entre el público y se pelean por sobarle la pija?

—A mí nunca me has invitado a la cama.

—Cierto. Será porque eres como un hermano, y no se folla entre hermanos. ¿Sabes que tienes algo de fraile? No te enojes. Gracias por la grapa.

Los movimientos ondulatorios de Big Jim se transformaron en un baile frenético. El sudor corría por el rostro del follador telepático. De pronto se puso de pie, alzó los brazos, los cruzó sobre la nuca, se empinó para que su verga alcanzara la máxima longitud y, entonces, al tiempo que soltaba una queja nacida del fondo de los huesos, la hendidura del glande se dilató para escupir chorros de semen que alcanzaron las mesas vacías de la primera fila.

Los cuatro gatos tardaron en aplaudir. Uno de ellos se atrevió a romper la católica estupefacción bávara reclamando bis, pero Big Jim ya salía del escenario arrastrando su piel de leopardo sintético. Le tocaba el turno a Tatiana la polaca.

«Directamente de Varsovia, Tatiana, la joya po-

42

laca del *striptease*. Las personas con problemas cardiacos deben abandonar la sala antes de que se quite el sujetador», debió anunciar el *showman*, pero no dijo una palabra. Permaneció lívido mirando hacia la entrada. Lo que vi tampoco me llenó de dicha.

Cinco bebés monstruosos. Cabezas rapadas. Camisetas con la leyenda: «Estoy orgulloso de ser alemán». Chupas de bombardero yanqui. Botas de paracaidistas. Entraron ladrando el *Deutschland Deutschland über alles* y eructando a destajo. Venían con los bofes y el amor patrio convenientemente llenos de cerveza. Cuando terminaron de ladrar el himno patrio, uno de ellos trepó sobre una mesa.

—*Heil Hitler!* A partir de este momento en el establo mandan las reglas de la moral alemana. Bando número uno: queda prohibido a las filipinas, polacas y negros degenerados presentarse en público porque ofenden la dignidad alemana. Dos: queda prohibido que las putas de alterne follen con cerdos extranjeros. Tres: todo el personal artístico y de servicios, y las chupadoras de vergas de los reservados cotizarán el cincuenta por ciento de sus ingresos a la Unión del Pueblo Alemán, cuyos abnegados representantes están ante ustedes para recaudar las donaciones. *Heil Hitler!*

Finalizado el discurso patriótico, exigieron una ronda de cervezas, advirtiendo que, si no los complacían, harían una pequeña demostración de fuerza y, para enfatizar sus propósitos, le sacudieron un soplamocos al *barman*. De tal manera que me llegó el turno de dialogar con los bebés. Qué diablos, para eso me pagaban.

Mientras caminaba hacia los bebés del «Cuarto Reich» con mi mejor gesto conciliador, quiso la suerte que tropezara con un peldaño invisible, que me fuera de bruces y que mi frente se estrellara contra el hocico del nazi que acababa de discursear. La verdad es que nunca me interesé por la pediatría, pero sabía que con los bebés se debe actuar rápido, así que, mientras lo consolaba por los dientes perdidos con una seguidilla de rodillazos en los testículos, encabecé el coro de los noctámbulos cantores de Hamburgo reclamando por la pasma.

Y llegaron. Precedidos por un ulular de sirenas y con las candorosas Walter nueve milímetros en las manos. Lo primero que vieron fue al bebé en el suelo. El cabeza rapada descubría las delicias del aire entrándole lentamente y doblado como una escuadra respondía con manotazos a cualquier intento por moverlo.

—¿Quién agredió a este hombre? —preguntó uno.

—Nadie. Estos llegaron provocando. Mire cómo me dejaron la cara —dijo el *barman*.

—Mentira. Entramos a beber una cerveza y el turco se nos echó encima —chilló uno de los bebés.

—Tú, turco. Enséñame tus papeles. Ordenó el que mandaba el rebaño.

—¿Por qué?

—Porque yo te lo digo, mierda. ¿No te parece una buena razón?

Con la bofia no debe discutirse, menos aún cuando se presenta en equipo y con los fierros apuntando. Con movimientos lentos metí una mano en el bolsillo interior de la americana y saqué el pasaporte tomándolo con dos dedos. El poli observó con atención la tapa azul del documento. Tal vez sus desconocimientos de zoología le impedían saber que el pájaro del escudo chileno no es una gallina, sino un cóndor, y que el bicho parado en dos patas no es un galgo sino un huemul.

—¿Por qué tienes un pasaporte chileno?

—Nadie elige donde nace.

—Yo soy alemán y estos cerdos me pegaron. ¿O es que debo agradecerles el sopapo? —insistió el *barman*.

—Soy testigo. Le pegaron sin aviso —corroboró Tatiana.

—Nombre —dijo el poli.

—Tatiana Janowsky. Ciudadana polaca.

—¿Y no teme resfriarse? —consultó el poli señalando la mínima braguita de Tatiana.

—Estaba a punto de presentar mi número de culturismo cuando irrumpió esta banda de cerdos —insistió Tatiana.

—Nos ha insultado, ustedes son testigos. No alcanzamos a entrar en el local y *Kanaka* se nos echó encima —chilló otro de los bebés.

El poli que llevaba la voz cantante hizo un ademán llamando a la calma y le pasó el pasaporte a otro de rango inferior.

—Ve si el pájaro está limpio y pide una ambulancia para éste —ordenó indicando al bebé que se quejaba en el suelo.

—Entonces, ¿cuál es tu versión de la historia? —dijo indicándome.

—Estos llegaron insultando al establecimiento, le pegaron al *barman* y, cuando quise pedirles que se retiraran, tropecé y choqué con el señor. Lo siento mucho. Fue una casualidad.

—Naturalmente. Y tiene los huevos en el cuello porque sufre de hipo. Me temo que tendrás que venir con nosotros. Cuestión de rutina.

—¿Por qué? El se limitó a proteger el prestigio del establecimiento —dijo Big Jim.

—¿Quién es este breva? —preguntó el poli.

—Big Jim Splash. El follador telepático. Americano —informó el *barman*.

—Tápese o lo detengo por inmoral. Y el chileno nos acompaña al cuartel —enfatizó el poli.

El asunto tomaba un matiz bastante desagradable. La pasma alemana es terriblemente sensible cuando les joden los esquemas. Ahí tenían un claro, nítido, caso de alteración del orden y con un turco culpable servido en bandeja, pero el turco no era turco y hasta tenía un testigo alemán a su favor. Mal asunto, parecía reflexionar el poli, y no se precisaba de una gran sagacidad para adivinarle las intenciones: quería verme un par de horas en una celda y con los cuatro bebés que se sostenían sobre sus patas como compañeros de infortunio.

—Dame tus manitas —pidió mostrándome las esposas.

Hay que saber perder. Obedecí, y en ese preciso momento se escuchó la voz del hombre de la silla de ruedas. Habló con un pausado acento suizo y sin moverse del reservado.

—Oficial. Acérquese, por favor. Creo que puedo colaborar para superar este malentendido.

Mientras el poli se aproximaba al inválido entraron los camilleros. Esquivando las patadas y manotazos del bebé lo examinaron.

—Varios dientes perdidos y posible fractura del tabique nasal. Lo demás lo dirán las radiografías —murmuró uno, y lo sacaron todavía doblado sobre la camilla.

El poli al mando regresó del reservado. Estiré las manos, pero me ignoró.

—El pasaporte —dijo al poli que había consultado por mi currículo.

—Está limpio —informó el otro.

—Vamos. Y ustedes, chicos, a divertirse a otra parte —aconsejó a los bebés.

—Y yo, ¿qué? ¿Y mi denuncia? Esos me pegaron —volvió a insistir el *barman*.

—Si quiere hacer una denuncia pase por el cuartel. Buenas noches.

Se marcharon. Recién entonces el dueño del

Regina se atrevió a abandonar su despacho. El tipo era un monumento al valor.

—Se te pasó la mano. Un golpe es un golpe, pero esta vez fuiste demasiado lejos. Estos escándalos desprestigian el local y ahuyentan a los clientes.

—Su ayuda no pudo ser más oportuna. Gracias.

—¿Y qué querías que hiciera? No me gustan los líos con la pasma.

—Gracias de todos modos.

El *barman* se acariciaba la cara con un trozo de hielo. Hizo un gesto de desprecio en cuanto el dueño regresó a la tranquilidad de su despacho.

—¿Te pongo un trago?

—Un Jack Daniel's con hielo, pero no con ese que estás babeando. ¿Te duele todavía?

—Algo. Lo hiciste bien. Condenaste a ese cabrón a comer papillas y a sonarse por la nuca. Lástima que no le reventaras los huevos. No le vi sangre en la entrepierna.

—Nadie es perfecto.

—El tipo del reservado hace señas para que te acerques.

Avancé hasta el reservado. Los bávaros se habían marchado luego del incidente, de tal manera que era el único parroquiano. Le calculé unos sesenta años, apenas había probado el champaña y fumaba un grueso cigarro. Al acercarme, el perro salió de debajo de la mesa y me enseñó los dientes.

—Tranquilo, *Canalla*. ¿Una copa?

—No sé qué le dijo al poli, pero supongo que debo darle las gracias.

—Olvídalo. ¿Puedo tutearte?

—El cliente manda.

—No estuvo mal la exhibición.

—A veces hay suerte. A veces no.

—Juan Belmonte. ¿Sabes que tienes nombre de torero?

—Veo que sabe mi nombre.

—Sé mucho de ti. Mucho.

¿Qué hace un inválido como tú en un lugar como éste? La pregunta le caía cortada al viejo. Ocupaba una silla de ruedas dotada de numerosos botones de mando, y la parte superior de su indumentaria se notaba fina. Aquel viejo no se vestía con los saldos de C & A. Lucía manos pequeñas y bien cuidadas. En la ópera no hubiera llamado la atención, pero en un cabaret de mala muerte como el Regina resultaba totalmente fuera de sitio. Lo sentí escudriñándome sin perder una sonrisa cínica. El perro también me observaba.

—Usted me llamó. ¿Qué quiere de mí?

—Hablar largamente. En privado, se entiende.

—A diez metros encontrará un club gay. Lo siento, pero no es lo mío.

—¡¿Marica yo?! ¡Dios mío! En silla de ruedas y con un tipo dándome por el culo. Parecería una pala mecánica. Y con la verga parada me vería como un tanque. ¡Dios mío!

Le vino un ataque de risa que ahogó con su contundente tos de fumador. El perro, alarmado, gruñó amenazante.

—Tranquilo, *Canalla*. No pasa nada. Tenemos que hablar, Belmonte.

—Depende del tema.

—De tu pasado, por ejemplo. No me decepciones. Sé que eres chileno y los chilenos son grandes conversadores. Creo que les viene de los indios. Los mapuches elegían a sus jefes en concursos de oratoria.

—También los suizos son grandes conversadores. Pero no me interesa hablar ni de mi pasado ni del suyo.

—¿Tan fuerte es mi acento? En fin. Vamos a hablar de trabajo.

Trabajo. No era la primera vez que alguien se me acercaba para proponerme un: «Trabajo sencillo, sin complicaciones, se trata de llevar unos paquetes a Berlín, ¿entiendes? Un polvito blanco, un detergente muy delicado».

—Tengo trabajo y me gusta lo que hago. Dejémoslo aquí. Buenas noches.

—Espera. Si das un solo paso, *Canalla* te arranca los huevos. Vas a trabajar para mí, Belmonte. Sé todo lo que se puede saber de ti. Todo. ¿No me crees? Te daré un ejemplo: hace dos semanas giraste quinientos marcos a Verónica.

El dedo, la mano entera en la llaga. Estiré los brazos con la intención de levantarlo con silla de ruedas y todo, mas el perro se interpuso presto a saltarme al cuello.

—¿Quién demonios eres, tullido de mierda?

—¿Ves como es posible conversar? Quieto, *Canalla*. Vas a trabajar para mí y te aseguro que no te arrepentirás. Aquí te dejo una tarjeta. Nos vemos mañana a las diez. Vamos, *Canalla*.

Lo vi mover la mesa y avanzar en la silla de ruedas hasta la salida. El perro, con el lomo erizado y sin dejar de mostrar los dientes, le cuidó la retirada. Cogí la tarjeta. En ella se veía un velero y tres líneas de texto:

Oskar Kramer
Lloyd Hanseático
Investigaciones de Ultramar

—Belmonte —el inválido me llamó desde la puerta—, casi lo olvido: ¡Feliz cumpleaños!

El local quedó vacío. Regresé a la barra sintiendo que el sudor me empapaba la espalda. El inválido conocía mi punto más vulnerable. Necesitaba pensar y deprisa. Si algo me mantuvo hasta entonces fue la certeza de saber que Verónica se encontraba a salvo, segura en su país construido con olvidos y silencios. Si el inválido sabía de ella, era porque mi nombre, mis datos, mis pasos, mis costumbres no habían sido olvidados por la máquina tragahombres. Alguien leía las cartas que me remitían desde Santiago, se enteraba del estado de

Verónica, tal vez hacía comentarios con sus colegas en un cuarto secreto. Ese mismo alguien leía también mis cartas, las palabras, las frases de amor que mes a mes enviaba para que se las colocaran sobre el regazo con la esperanza de que, de pronto, súbitamente, preguntara por mí y la vida tuviera nuevamente un sentido. Y en aquel cuarto secreto, los empleados de la máquina se reirían de mis palabras, harían comentarios obscenos mientras bebían cerveza y alimentaban el cartapacio que reflejaba cada uno de mis movimientos.

—Te llama el jefe —dijo el *barman*.

El tipo ocupaba un sillón giratorio detrás del escritorio. A su espalda colgaban docenas de fotografías de artistas del cabaret. Fue directo al grano.

—No me gustó lo que hiciste.

—Ya lo dijo antes.

—No hablo de los *Skids*. Me refiero al inválido. Vi toda la escena.

—Es un asunto personal.

—Me interesan un carajo tus asuntos personales. El inválido arregló el lío con la pasma. Y tú trataste de golpearlo. Hasta aquí llegamos con tus servicios. No se puede amenazar o golpear a alguien que tiene buenas relaciones con la pasma.

—¿Estoy despedido?

—Pasa mañana a buscar lo que se te debe.

Vaya día. Me había caído de todo. Al regresar a la barra, el local se notaba algo animado por una docena de turistas japoneses. Miré la hora. Era casi medianoche. Menos mal que finalizaba el maldito día de mi cumpleaños.

—Dame el último Jack Daniel's —pedí al *barman*.

—Lo escuché todo. Mierda de tipo. Si sé de algo te aviso.

—Suerte, turco —murmuró Big Jim.

—Gracias, muchachos.

Afuera llovía intensamente. Subí el cuello del abrigo y me eché a andar en dirección del puerto. Debía actuar, llevar la delantera, anticiparme a los hechos, pero no sabía cómo ni por dónde empezar. De pronto, mientras caminaba pegado a las murallas sentí el peso de las monedas en el bolsillo. Bendita costumbre de cargar siempre monedas. Bendito hábito de tener siempre abiertas las posibilidades de comunicación. Me encerré en la primera cabina de teléfonos.

Dos ceros y tus deseos se van al espacio, allá los almacena un satélite, innegable evidencia del porvenir científico que aguarda a la humanidad. Otros dos números trasladan tus ansias desde el espacio hasta la costa más austral del Pacífico, un número las deposita en la ciudad de Santiago, y la seguidilla de los otros cinco dígitos las lleva hasta la sala de una casa.

—¿Aló? ¿Señora Ana?... Sí. Soy yo. Estoy bien, muy bien. ¿Y Verónica?... Igual. Sí. Sigue igual... Sí, por favor. Vea si está despierta.

Pasos. Una puerta se quejó en mi memoria. Habría que aceitar los goznes. Fijar las bisagras.

—¿Está despierta? Por favor, acérquele el teléfono. ¿Verónica?

La sentí respirar acompasadamente y no le dije nada. ¿Qué podía decirle? Soy yo, amor, Juan, y te hablo aunque sé que mi voz no te alcanza, que ninguna voz te alcanzará mientras sigas perdida en el laberinto del horror. ¿Por qué no sales de él, Verónica? ¿Por qué no sigues el porfiado ejemplo de tu cuerpo que emergió del mar de las desapariciones luego de dos años durante los cuales la máquina intentó destrozarlo? Tu cuerpo desnudo en un basural de Santiago. Verónica, mi amor.

—Juan. Es inútil. No lo escucha.

—Está bien, señora Ana. Sólo quería saber cómo está.

—Como siempre. No habla. No deja de mirar algo que ella no más puede ver. Juan... ¿Ocurre algo?

—¿Por qué lo pregunta?

—Es que hace unas horas llamó un amigo suyo preguntando por la salud de Verónica. Dijo que usted también llamaría, y que no olvide su cita para mañana. ¿Era un amigo suyo, Juan?

—Sí. Un buen amigo. Un gran amigo.

Actuar. Pasar a la ofensiva. ¿Qué quería el inválido? Desesperado empecé a buscar su número de teléfono en el directorio. No estaba. Y cuando me disponía a llamar al servicio de informaciones, un retorcijón me avisó que el vientre se estaba solidificando.

Tengo miedo. Eso está bien. El miedo impulsa a pensar las acciones. Todavía funcionas, Juan Belmonte. Todavía funcionas, repetí mientras caminaba por veredas desiertas.

Desde la calle vi que mi piso tenía las luces encendidas. No podía ser el inválido el que esperaba arriba. El edificio no tiene ascensor. Subí las escaleras con sigilo y al llegar frente a la puerta me quité el cinturón. Abrí y, sosteniéndolo con las dos manos, avancé hasta la sala. Ahí, despaturrado, dormía el petisito del pasamontañas azul.

—¿Estás cómodo? —saludé.

El petisito dio un salto.

—¡Putas! Me dormí. Disculpe, jefe.

—¿Desde cuándo estás aquí?

—Desde las ocho. Es que no pudimos reparar la calefacción y le traje una estufa eléctrica. Me senté un rato a esperarlo y me quedé dormido. Disculpe.

Lo vi pararse, coger el maletín de herramientas y caminar con desgano hasta la puerta. Además de petiso era rechoncho y tenía menos cuello que una almeja.

—No quiero molestar pero...

—Pero tienes que llevarte la estufa. Adelante.

—No. No lo voy a dejar sin calefacción. Perdí el último metro y vivo lejos, muy lejos.

—Está bien. Quédate. Te daré una manta.

—¿Celebró el cumpleaños?

—Más o menos.

Entonces el petisito abrió el maletín de las herramientas y sacó una botella de vino. Me la enseñó feliz, como quien muestra un trofeo.

—¿Le damos el bajo? —sugirió.

—En la cocina hay copas —respondí, recordando un dicho que habla de la soledad como la peor de las consejeras.

Berlín: amanecer de un guerrero

Frank Galinsky abrió la puerta del piso y se enfrentó a la soledad. Al encender la luz de la sala le parecieron injustos y obscenos los rectángulos de vacío que reemplazaban a los cuadros. Sin muebles la habitación se veía enorme. Encendiendo todas las luces recorrió la vivienda. En la habitación de Jan apenas quedaban unos afiches de rockeros para decirle que hasta hace muy pocos días había sido el dormitorio de su hijo. Cerró la puerta y, al hacerlo, descubrió un hueso de goma. ¿Cómo se las arreglaría *Blitz*, el perro pastor, sin su juguete? Helga se lo había llevado todo, los muebles, Jan, hasta el perro. Pateó el hueso y se dirigió a la cocina. Allí se ordenaba el escaso mobiliario que le dejara Helga; una cama plegable, una mesa y una silla. Triste patrimonio, y más aún puesto en la cocina, donde dormía para ahorrar calefacción.

Dispuso la silla frente a la ventana, de una bolsa de plástico sacó una lata de cerveza y con los pies encima del calefactor miró hacia la calle. Pronto se detendría el primer tranvía en la parada todavía desierta. Pronto amanecería. Pronto pasaría el invierno. Pronto llegaría la incomparable primavera berlinesa. Pronto...

En realidad todo estaba ocurriendo demasiado aprisa en la vida de Frank Galinsky.

Súbitamente se había convertido en ciudadano de la República Federal Alemana y sin que hubiera sido necesario desertar al campo enemigo, porque también súbitamente había desaparecido la República Democrática Alemana. Se había esfumado, desvanecido, desinflado sin pena ni gloria, en un acto absolutamente desprovisto de la dramaturgia tremendista y megalómana que caracterizó su existencia como nación. Los alemanes del Este, pasada súbitamente la euforia por hartarse de bananas, aprendían a ponerse al día con la vida feliz que durante cuatro décadas habían oído, intuido, olido al otro lado del maldito muro. Ahora se trataba de exigir, de pedir y tenerlo todo. Hasta sus gustos se regían por la ansiedad de satisfacer la curiosidad reprimida. Ya no se conformaban con un simple helado de chocolate o de vainilla. No. Ahora exigían los sabores envueltos en la cáscara del exotismo: piña, mango, papaya, maracuyá. Su mismo hijo lo había sorprendido preguntándole si no se hacían helados de aguacate. Sí. Todo había cambiado súbitamente y no dejaría de cambiar.

Frank Galinsky encendió un cigarrillo rubio, americano, de los que podían comprarse en cualquier parte. Americano. No esa mierda que habían fumado durante cuatro décadas y que no era más que paja seca. Qué suerte que el Mayor lo hubiera buscado, porque, cuando las cosas cambian con un ritmo tan acelerado, es conveniente ponerse del lado de quienes deciden el rumbo de los cambios.

Al caer el muro de Berlín, primer capítulo de la silenciosa extinción del Estado proletario, Galinsky sintió primero una desazón que no tardó en reconocer como miedo, pero un miedo diferente al sentido en las «misiones internacionalistas» en Angola, Cuba, Mozambique, o Nicaragua. Como oficial del Ejército Popular Alemán, y más aún como oficial de inteligencia, había pertenecido a la elite que disfrutó de los favores del Estado, y no existe miedo más terrible que el que viene de no saber quién, cómo, ni cuándo, pasará la factura por los favores recibidos.

De la noche a la mañana desaparecieron las antiguas instituciones. El ejército de la RDA se disolvió, los uniformes y las medallas se canjearon por sólidos marcos federales en los mercados de pulgas, y los militares pasaron a situación de disponibles mientras se investigaba su actuación al servicio del extinto régimen comunista.

Estar en situación de disponible equivalía a estar bajo sospecha, a padecer de una enfermedad contagiosa, de cuarentena obligatoria, cuyos primeros síntomas fueron los saludos negados por los antiguos amigos, compañeros, hijos de la grandísima puta que antaño formaban filas para encargarle objetos a cada viaje suyo al extranjero.

La enfermedad también contagió a Helga, que perdió su empleo de profesora de artes plásticas porque: «Como usted sabe, Frau Galinsky, las actividades de su esposo se están investigando. Claro que si usted decide cooperar con las autoridades de ocupación, ¡perdón!, de reunificación, e informa de ciertos asuntos que su esposo tal vez haya olvidado...».

Al poco tiempo la enfermedad invadió el piso, con la aparición de un sujeto que se dejó caer rodeado de leguleyos y policías.

—¿Cómo que propietario? Este piso es mío. Tengo documentos que lo demuestran. Me lo vendió el Estado.

—Pura basura, Herr Galinsky. El edificio fue construido ilegalmente porque el solar donde se levanta pertenece a nuestro representado. Puede ver copias de los certificados que lo acreditan. Y datan de la República de Weimar. *Time ist Gold*, Herr Galinsky: o firma un contrato de arriendo o iniciamos los trámites para conseguir el desalojo.

El dinero del paro apenas alcanzaba, de tal manera que Helga tuvo que emplearse como vendedora en una boutique de ropa, mientras Galinsky apretaba los puños cada vez que pasaba frente a la Oficina del Trabajo.

«Nombre: Frank Galinsky. Edad: cuarenta y cuatro. Profesión: militar. Indique estudios o especialidades: instructor de submarinistas y profesor de artes marciales. Idiomas: español, portugués, ruso e inglés. Interesante. Ah, pero se encuentra en situación de disponible. Ya le avisaremos. Cuando se aclare su caso.»

¿Para qué diablos sirve un ex oficial de inteligencia de la RDA a los cuarenta y cuatro años? Galinsky se formuló la pregunta durante medio año, parado frente a la misma ventana de la cocina, bebiendo cerveza de la misma marca y con la vista perdida en la misma parada del tranvía que en esos momentos tenía al otro lado de los vidrios.

Por esa misma ventana vio una tarde el BMW estacionado frente a la puerta. De él bajó un tipo elegante, que lucía una cabellera cana estudiadamente descuidada, y que con movimientos ágiles dio la vuelta al vehículo para abrir la puerta del acompañante. De ella bajó Helga. Sonriente, cruzó con el tipo frases que Galinsky no pudo escuchar. El hombre en ningún momento dejaba de acariciarle un brazo, y le besó una mano al despedirse.

—¿Cómo se llama tu chófer? Ignoraba que la boutique tuviera servicio de transporte —saludó Galinsky mientras Helga colgaba el sobretodo.

—Es el dueño de la tienda. Un hombre muy atento.

—Demasiado. Te toqueteó a gusto.

—No seas vulgar.

—Y tú no seas puta. El derecho de pernada desapareció con el feudalismo. ¿O es que también olvidaste la historia?

Entonces Helga lo miró con una frialdad que resaltaban sus muy abiertos ojos azules. La mujer soltó lentamente las palabras, como si las hubiera repasado durante largas noches insomnes.

—No. No he olvidado la historia. Es más; por fin la he comprendido. Por si tú todavía lo ignoras, vengo de trabajar, de ganar dinero que entre otras cosas sirve para pagar el alquiler de este maldito piso, mientras tú lo único que haces es beber cerveza y lamentarte todo el día. Ese hombre que vino a dejarme es mi jefe y tiene estupendos planes para mi futuro. Abrirá una sucursal y me ha propuesto que la dirija. ¿Entiendes? Es mi futuro, el de Jan, y quién sabe si también el tuyo.

La mano abierta de Galinsky se estrelló contra el rostro de la mujer. La vio trastabillar, aferrarse al respaldo de una silla y caer con ella. Su primer impulso fue ayudarla a levantarse, pero Helga lo rechazó con un gesto.

Se incorporó, arregló su vestido y se encerró en el dormitorio.

Galinsky intentó entrar, pero la puerta estaba cerrada con seguro.

—Helga. Lo siento. No quise hacerte daño. Helga.

Pasaron un par de minutos hasta que la mujer abrió la puerta. Sostenía un pequeño bolso de viaje.

—¿Qué significa esto? ¿Adónde vas?

—No te incumbe. Déjame pasar.

—Helga. Ya me he disculpado. No seas rencorosa.

—No lo soy, Frank. Hasta te estoy agradecida. Me diste el impulso que me faltaba. Te dejo, y me llevo al niño. Lo he pensado largamente y si no lo hice antes, es tal vez porque todavía me quedan restos de fidelidad, solidaridad y toda esa mierda que nos metieron en la cabeza. Pero también sé que hay que triunfar, como sea. En la nueva Alemania no hay lugar para los que fracasan. Esa es la verdad, la única verdad.

—Das un paso, sólo un paso, y te rompo todos los huesos.

—Tócame un pelo y denuncio tus vinculaciones con el terrorismo. ¿Me crees tonta? ¿Supones que ignoro qué es lo que investigan de tu pasado? ¿Olvidaste tus viajes a Africa y Centroamérica? Déjame pasar, Frank. Es lo mejor para nosotros.

—Lárgate o te mato.

Helga se largó. Una semana más tarde regresó acompañada de un abogado a retirar sus pertenencias, las del niño y el perro. Dejó de verla durante cinco meses hasta que un juez los convocó para cumplir con los trámites del divorcio.

¿Para qué diablos sirve un ex oficial de inteligencia de un ejército que fue derrotado sin presentar la menor batalla? Galinsky no dejó de formularse la pregunta, y en eso estaba, hacía ya dos horas, sentado en un banco a la salida de la escuela de Jan, cuando un hombre tomó asiento junto a él.

—¿Por qué esa cara, Galinsky? Nadie tiene motivos para estar triste en la Alemania unificada —saludó el Mayor.

Galinsky nunca había intimado con el Mayor, pero lo conocía desde fines de los años setenta, cuando el oficial dirigía una academia militar clandestina en la que se impartían cursos de sabotaje, de inteligencia y logística a varias docenas de revolucionarios africanos y latinoamericanos, hombres destinados a ser los oficiales de las futuras fuerzas armadas de sus respectivos países. El era entonces instructor de los latinoamericanos.

—Qué sorpresa. ¿Cómo está, Mayor?

—Muy bien. ¿Puedes afirmar lo mismo?

Galinsky lo observó detenidamente. Debía de bordear los sesenta, pero se veía más joven sin el rústico uniforme color rata. Vestía un traje negro de buen corte y enfundaba las manos en guantes de suave cabritilla. Su presencia emanaba el sutil aroma de un *after shave* de buena marca y la seguridad del que sostiene la sartén por el mango.

—Estoy mal, Mayor. Muy mal.

—Algo he escuchado. Pero quiero conocer tu versión.

«Viejo zorro», pensó Galinsky. «Este encuentro de casual no tiene nada, y está usando el viejo truco de siempre: ahí está la legión de los mejores guerreros, de los más probados, de los ejemplares, de los capaces de cumplir cualquier misión en el frente, pero llegada la hora más difícil, la de meter a un hombre tras las líneas enemigas, los héroes valen menos que un escupo. Entonces se recurre al negligente, al que no destaca en las primeras filas, al que pincha un caballo muerto para enseñar la espada también ensangrentada al final de la batalla. Cuéntame tus cuitas, le dice el oficial. Olvidemos los rangos. Hablemos de hombre a hombre. Y el otro se suelta, muestra sus lados flacos que el oficial simula escuchar mientras los va enumerando. Es un test de inteligencia al que el otro se somete sin saberlo. Al final, todas las muestras de sensatez convertidas en pecados reciben la generosa oferta de enmienda, de rehabilitación a través de la penitencia, de la peregrinación al otro lado de las líneas enemigas. Es recomendable elegir los voluntarios entre los menos aptos para la acción heroica, o entre los más tocados por los efectos de la guerra en la sociedad civil. Qué gran cabrón fuiste, Von Clausewitz.»

—Estoy acabado. Disponible. Sin empleo. Divorciado. Y en dos semanas tengo que dejar el piso. *Kaputt*, Mayor. *Kaputt*.

—Lo sé. Sin embargo tu situación puede cambiar, Frank Galinsky, mi viejo compañero de la sección latinoamericana. ¿Estás dispuesto a asumir una misión?

—La que sea, con tal de salir de esta mierda.

—¿Sin preguntas?

—Un soldado no precisa conocer más que su destino y objetivo.

—Tu situación ya empieza a cambiar, Galinsky. Mañana tienes una cena de negocios conmigo. Te recogeré a las ocho en punto en nuestra querida Alexander Platz, junto al reloj que marca todas las horas del mundo.

Frank Galinsky saludó a su hijo sacudiéndole la cabellera. Tomó la mochila del niño y se la echó sobre un hombro. Así caminaron las cinco cuadras que separaban la escuela del piso de Helga. Al dejarlo en la puerta lo abrazó.

—Jan, ¿recuerdas que te prometí que un día iríamos de vacaciones a España? Pues iremos, y pronto.

—¿De veras? ¿Hay campamentos de pioneros en España? ¿Y *Blitz*? ¿Podemos llevarlo?

—Naturalmente. El perro también va con nosotros.

Luego de dejar a Jan echó a caminar por la ciudad. Iba eufórico, sintiendo que la vida comenzaba de nuevo. De pronto reconoció su imagen en el espejo de una vitrina.

—Estás hecho un asco, camarada, un verdadero asco. Y si quieres volver a ser el que una vez fuiste, debes empezar ahora —masculló, y empezó un trote que lo llevó hasta las orillas del Wandsee.

Corrió dando vueltas al lago hasta que la noche se abatió sobre Berlín, hasta que la última casa ribereña apagó las luces, hasta que los músculos reclamaron, hasta que se supo todavía capaz de dominarlos y vencer su cuerpo, hasta que miró el reloj y vio que eran las cuatro de la mañana.

Al detenerse tenía el cuerpo empapado de sudor. Había botado por todos los poros la vergüenza de la derrota.

5
Hamburgo: un paseo junto al Elba

Me despertó un calambre. Buscando la agarrotada pierna derecha abrí los ojos y vi que estaba en el sofá. Muy cerca, en la mesilla de centro, había un termo, panecillos frescos y un pote de mermelada.

—Buenos días, jefe —saludó el petisito. Sin el pasamontañas y con el pelo mojado se veía más chaparro todavía. Se notaba recién duchado.

—¿Qué hora es?

—Siete y media, jefe. Parece que lo agarró el vino anoche. Se fue de golpe a la lona y no quise molestarlo. ¿Le sirvo café? Hay pancitos frescos.

—¿Dónde dormiste?

—En su cama, jefe, pero encima. No vaya a creer que le ensucié las sábanas. Es que no quise molestarlo. Y ahora me voy porque el ingeniero debe de estar por llegar. Hoy sí que le arreglamos la calefacción. Hasta luego.

Se puso el pasamontañas azul, agarró el maletín de herramientas y echó a andar hacia la puerta.

—Espera. Debes de tener algún nombre, ¿no?

—Pedro de Valdivia. Bueno, en realidad me

llamo Pedro Valdivia y yo mismo me puse el «de». Suena más elegante, ¿verdad, jefe?

—Super. Escucha, Pedro de Valdivia. Quiero pedirte un favor.

—Diga no más.

—Es posible que alguien llame por teléfono cuando estés aquí. Si preguntan por mí, di que salí de viaje, ayer, y que no sabes cuándo regreso. Lo mismo si vienen a indagar. ¿Entiendes?

—¿Lío de faldas, jefe?

—Peor. ¿Puedes hacerme la gauchada?

—Salió ayer y quién sabe cuándo vuelve.

—Eso. Gracias, macho.

Bajo la ducha empecé a hacer mecánicamente un análisis de la situación: a) el inválido no era de la pasma; policías en sillas de ruedas se ven sólo en el cine; b) tenía buenas relaciones con la pasma, es decir, era alguien de «arriba», cualquiera que fuese la altura en la que se movía; c) además de las relaciones con la pasma tenía también contactos con el servicio de defensa constitucional, la policía política de Alemania Federal. Solamente de ella podía tener información sobre mí, y el que supiera la existencia de Verónica lo confirmaba. Siempre supe que, como exiliado, estaba en la memoria del Big Brother, pero no imaginé que me consideraran tan importante como para meterse con mis giros postales y correspondencia. Era lo que se llama un hombre transparente; d) el inválido no era de la policía política, pues me había citado en una agencia de seguros y, aunque la oficina fuera una fachada más del servicio, ¿para qué quemar una cobertura dándola a conocer a un tipo como yo? Además, si la policía política quería algo de mí, que les sirviera de chivato, por ejemplo, no me hubieran buscado en un lugar público. Conclusión: ninguna. ¿Qué demonios quería de mí el inválido?

Al salir a la calle descubrí cuánto tiempo hacía que no veía la luz de la mañana. Faltaban unos minutos para las nueve. Saqué del bolsillo la tarjeta que el inválido dejara y vi que no había ninguna dirección escrita. No me gustó. El viejo había tirado la única carnada que yo podía morder: Verónica; pero me citaba a un lugar no establecido. ¿Qué juego era ése? En un directorio telefónico busqué la dirección del Lloyd Hanseático. No estaba lejos, en el puerto, y decidí caminar hasta allá.

Caminando empecé a ver la ciudad de una manera desconocida. Hacía frío, los árboles sin follaje tenían los troncos impregnados de un musgo verde, casi brillante, intensamente verde, como los también verdes techos de cobre de las construcciones típicamente hamburgueñas. Me gustó la ciudad. Me gustó como un reencuentro con alguien que nos ha protegido, abrigado, de vez en cuando alegrado, y me dolió la posibilidad de tener que ahuecar el ala.

Tal dolor no era nuevo. Recordé qué a gusto viví en Cartagena de Indias luego de mi último fracaso político. Corregía pruebas en un periódico, lo que me permitía disfrutar de los incomparables atardeceres caribeños, hasta que una tarde dos sujetos me interceptaron el paso con los argumentos de dos cañones dirigidos al vientre.

Hasta aquí llegué, pensé, suponiéndolos miembros de algún escuadrón de la muerte al que, por cualquier razón, le habían obsequiado mi nombre.

—Tranquilo, macho. No pasa nada —dijo uno.

—«Alguien» te ha invitado a una copa. Y como tú no lo sabes te vamos a llevar. No hagas bolas, macho —indicó el otro.

Los escoltas me llevaron hasta un restaurante en pleno centro de Cartagena. Ahí me saludó un hombre al que llamaban «licenciado». Me ofreció un vaso de Chivas, que rechacé.

—¿No le gusta el whisky? —preguntó el licenciado.

—Sí. Pero sólo bebo Jack Daniel's, y con hielo.

El licenciado movió la cabeza y habló a los escoltas.

—Un comandante sandinista que toma whisky gringo. ¿Cómo lo ven?

—Es que el Chivas es trago de machos —apuntó uno.

—En Colombia somos todos machos, chileno. ¿Cómo es en tu puto país? —inquirió el otro.

—Allá somos la mitad machos y la otra mitad hembras. No se pasa mal mitad y mitad.

Los escoltas acusaron el golpe, farfullaron un:

«No te salgas de madre», pero el licenciado los mandó callar.

—Así me gustan los hombres, corajudos, pero vamos a cortar la joda. Escuche, Belmonte, Juan Belmonte, qué vaina, se llama igual que el torero de Hemingway, escuche: «Alguien de arriba» quiere que trabaje para él. ¿Conoce Medellín? Es una ciudad bonita y corren ríos de dólares, pero hay que poner un poco de orden. «Alguien de arriba» piensa que un hombre de su experiencia viene soplado. Usted me entiende.

—¿Puedo pensarlo?

—«Allá arriba» dicen que ya lo pensó.

—Cierto. Lo había olvidado. ¿Cuándo parto para «arriba»?

—Mañana. Los muchachos le harán compañía hasta entonces. «Allá arriba» no quieren que se nos pierda.

Benditos sean los cinco mandamientos de la clandestinidad que facilitan los movimientos de sus hijos bien amados, que permiten saber cuáles son los bares que tienen cagaderos con ventanas, que le obligan a uno a tener apartados postales donde se guardan documentos y los escasos bienes, a tener siempre a mano un billete de la aerolínea nacional y a la ciudad más importante, a letrear nuestros nombres bien pronunciados para que aparezcan bien transcritos en la lista de pasajeros, y a tener por amante a una putita con la que hay que ser generoso sin pedir nada avergonzante a cambio.

Noble putita. Ella me ayudó a dejar Cartagena a bordo de un *tramp* que navegaba por las aguas del Caribe. Dejando atrás el golfo de Darién, mientras los hombres del licenciado me esperaban en el aeropuerto de Bogotá, le dije adiós a Cartagena y al sueño de vivir tranquilo y olvidado junto al mar, igual que en los versos de Gil de Biedma: «como un noble arruinado entre las ruinas de mi inteligencia».

Y claro que me dolió salir del Caribe, pero entre verse convertido en «sicario» de los narcos o en carta de triunfo de los militares colombianos posando junto al cadáver de un extremista extranjero, la vida siempre nos entrega una tercera posibilidad: la de esfumarse.

Qué diablos. Tal vez me llegaba la hora de abandonar Hamburgo. Mantenía un pasaje abierto a Costa Rica y en la casilla del correo tenía dos mil dólares en efectivo. Podía largarme a cualquier parte, pero el problema era Verónica, sola, sin tenerse siquiera a ella misma allá en Santiago.

«Allá voy, Oskar Kramer. Me tienes agarrado por la jeta. Puede que conozcas mi vida al dedillo, pero hay algo que ignoras: sé perder, y en estos tiempos eso es una gran virtud», me dije y eché a andar hacia el edificio del Lloyd Hanseático.

«Regla elemental antes del combate: el guerrillero sabe que se enfrentará a un enemigo militarmente mejor equipado. Debe golpear una sola vez, de manera contundente, definitiva, y luego replegarse. Debe ir tranquilo al combate, relajado, con la seguridad que da el correcto análisis de la correlación de fuerzas. Pensar en que la naturaleza ayuda a conseguir la serenidad imprescindible al guerrillero.» Comandante Giap.

Vietcong chingón, cabrón, mamador de gallo. Pero seguí su consejo. A poco caminar se desató un aguacero y decidí relajarme apurando el paso al tiempo que pensaba en un paraguas. Me compraría un paraguas japonés, uno de la nueva generación, equipado con un sensor que, en cuanto detectara que su dueño se aleja más de un metro, empezara a gritar: «No me olvides», con voz de robot. ¿Existirá tal portento? Los japoneses serían muy cretinos si no se hubieran preocupado de inventar un artefacto tan necesario. El paraguas imperdible. El paraguas con alarma. El paraguas que se negara a abrirse si lo manipularan manos ajenas.

Vaya. Conseguía pensar en otros asuntos, pero el aire de Hamburgo continuaba pringado de un tufo que conocía muy bien: el empalagoso tufo de las fugas.

El recepcionista del Lloyd Hanseático, la mayor aseguradora del mar, según rezaba en la placa de bronce de la entrada, me miró con el mismo interés que se le prodiga a una cagarruna en la acera.

—Buenos días. Tengo una cita con el señor Oskar Kramer —dije.

—¿Habla alemán?

—Tengo una cita con el señor Kramer. A las diez.

—Le pregunté si habla alemán.

—No creo que estemos hablando *Afrikaner*.

—Su identificación.

—Kramer me espera a las diez.

—Identificación.

Le entregué el pasaporte chileno y lo miró con asco. Una vez que entendió mi nombre buscó en una lista.

—A las diez tiene una cita con el señor Kramer.

—No me diga. Qué agradable sorpresa.

—¿Se cree gracioso? —dijo clavándome la mirada.

Le acepté el reto y empecé a mirar los destellos de la calle reflejados en sus ojos. De tal manera que Kramer estaba en alguna oficina del edificio. Me dejó la tarjeta sin dirección seguro de que la buscaría. El tipo bajó la vista simulando consultar algo en el escritorio. Me dio lástima. Un patán frustrado, desdichado en su modesto uniforme azul de los empleados de rango menor. Lo que ese tipo deseaba era un uniforme chorreante de parafernalia, que evidenciara su poder de decidir quién entraba y quién no al edificio del Lloyd. Empezó a anotar mis datos recorriendo las hojas del pasaporte con un gesto que del asco pasaba a la estupefacción.

Le estaba jodiendo los esquemas. Cómo podía llamarse pasaporte ese cuadernillo con una heráldica incomprensible, adornado con dos bichos que muy bien podrían haber sido un pollo o una rata de pie, en lugar de la poderosa águila de alas extendidas. Sí. Le jodía los esquemas. Tal vez se preguntaba cómo era posible que un tipo a todas luces extranjero anduviera por el mundo sin un pasaporte turco.

—Espere ahí. Cuando falten cinco para las diez lo llamaré y le entregaré una credencial de visita —ladró indicándome un rincón del vestíbulo.

Me arrellané en un sillón de cuero y encendí un cigarrillo. Tras dar un vistazo a la mesa y a la maceta del imprescindible gomero volví donde el recepcionista.

—Le ordené esperar ahí.

—Tranquilo, Fritz. ¿Tiene un cenicero?

—¡Está prohibido fumar y no me llamo Fritz!

—Entonces tenemos tres problemas: uno, usted no se llama Fritz, que es un nombre adorable; dos, tendré que fumar afuera; y, tres, deberá salir a llamarme cuando falten cinco para las diez.

Fumando a la entrada del edificio me descubrí sorprendentemente tranquilo. Kramer, fuera lo que fuera e hiciera lo que hiciera, era sin duda un sujeto poderoso y sin embargo ya no le temía. Alguna vez uno debe enfrentarse a situaciones sin salida. Kramer sabía de Verónica. Saber es poder dijo Mac Luhan, y tal combinación aliada a la disposición de hacer daño no deja de ser aterradora. Temía por ella, pero yo estaba tan tranquilo como una fotografía. De pronto me sentí como el personaje de *El campeón,* de Ring Lardner, un púgil que se enfrenta a la necesidad de ganar un combate, pero no por él, sino por una legión de indefensos que dependen de sus puños.

Pisaba la colilla cuando el recepcionista me llamó golpeando los vidrios de la puerta.

—El señor Kramer lo espera. Oficina quinientos cinco. Póngase la credencial de visitante en un lugar visible —dijo al entregarme un rectángulo de plástico que metí en un bolsillo.

Esperando el ascensor saqué un pitillo.

—Le dije que está prohibido fumar —chilló el recepcionista desde su rincón.

—No estoy fumando.

—Y póngase la credencial en un lugar visible.

—Este saco es de franela inglesa. No lo decoro con cualquier cosa. ¿Qué diría la Reina?

—Las disposiciones deben cumplirse.

—En eso estamos de acuerdo, Fritz —dije entrando al ascensor.

La oficina de Kramer era amplia y fría. En un muro había una plancha de corcho con algunos papeles fijos con chinchetas. Sobre el escritorio no se veía más que un teléfono negro, de los de disco. La luz de neón contribuía a la frialdad del ambiente. Con un gesto me indicó la única silla disponible.

—Belmonte, Juan Belmonte. ¿Por qué te llamaron así? Que yo sepa los chilenos no son amantes de los toros.

—A mí tampoco me interesan. ¿De eso quiere hablar conmigo?

—No. Para distender el clima empezaré diciendo que voy a jugar limpio, tan limpio como lo permitan mis intereses. Como ya sabes, mi nombre es Oskar Kramer y soy suizo. Según mi contrato de trabajo ejerzo de jefe del Departamento de Investigaciones de Ultramar del Lloyd Hanseático. Antes fui policía, en Zurich, hasta que un traficante de armas ordenó que me metieran una porción de plomo en el espinazo.

—Triste historia. ¿Qué tiene que ver conmigo?

—Ya lo sabrás. Todo a su debido tiempo. Los suizos somos famosos por nuestra lentitud, mas yo trataré de no ser demasiado típico, Juan Belmonte. Como el gran torero. Mis relaciones con las autoridades alemanas suelen ser de mucha utilidad. ¿Sabes que tu acta se encuentra entre los IPP, Individuos Potencialmente Peligrosos? Me han entregado una copia de tu currículo. Interesante, Belmonte. Muy interesante. Guerrillero en Bolivia durante la ofensiva del Ejército de Liberación Nacional en el Teoponte. Guerrillero urbano en Chile. Participación en varios asaltos a bancos o mejor dicho «expropiaciones», para respetar el argot militante. Sigamos. Participante en varios atentados terroristas durante los primeros años de la resistencia contra el régimen del general Pinochet. Otro detalle interesante. Servicio militar en el cuerpo de comandos del ejército chileno. Dos estadías en Cuba, turismo en Angola y Mozambique. Guerrillero en Nicaragua. Brigada Internacional Simón Bolívar. Más tarde comandante sandinista. Es una vida demasiado interesante para un matón de burdel que además tiene nombre de torero. ¿Sigo?

—Siga, Big Brother. Dígame ahora qué sabe de Verónica.

—Casi nada. Nombrarla fue un truco, acepto que sucio. Supongo que debo disculparme.

—Dijo que jugaría limpio. Escupa todo lo que sabe de Verónica.

—Si así lo quieres. Su acta es breve: hasta 1973 militante de las Juventudes Socialistas. Detenida en octubre de 1977 por efectivos de la Dirección Nacional de Inteligencia en Santiago. En enero de 1978 se la dio por desaparecida, pero en julio de 1979 unos vagabundos la encontraron en un basural al sur de la capital chilena. Un informe médico realizado por la Comisión de Defensa de los Derechos Humanos revela que padeció toda clase de torturas. Desde el día de su reaparición está incapacitada. Otro dictamen médico se refiere a una forma de esquizofrenia más conocida como autismo. Sigue la dirección actual, número de teléfono y finaliza indicando que es el único contacto que mantienes en Chile. Hay fotocopias de todas las cartas que le has escrito. Es todo.

—Los hijos de puta que coleccionan mis cartas, ¿son de la pasma silvestre o de mayor pedigrí?

—También juego limpio con ellos. No puedo decirlo, pero...

—Siga. Hasta ahora no suelta lo que quiere de mí.

—Pero puedo destruir las dos actas y te aseguro que no hay copias.

—Está blufeando. Sabe que a Verónica no pueden tocarla. La dictadura acabó en Chile y, aunque siguiera en el poder, nunca hubo cargos en contra suya.

—A ella no, directamente. Pero, ¿qué pasa si consigo que te expulsen de Alemania? Ella depende de ti. Del dinero que le mandas. Te hice seguir, Belmonte. Vives de una manera espartana. Hasta lías tú mismo los cigarrillos que fumas. Y de Verónica supe que no tiene otra compañía que esa tía que la cuida. Ana creo que se llama. Admirable tu lealtad para con una mujer que no ves desde 1973, de no ser que hayas mantenido encuentros durante tu vida clandestina en Chile. Admirable.

—Me está cansando, Kramer. Diga de una maldita vez qué es lo que quiere de mí.

—Todo a su debido tiempo. Vamos a dar un paseo. Tú empujas la silla de ruedas, de paso ahorro baterías, y entretanto tiro el anzuelo en cuya punta hay una jugosa carnada que terminarás mordiendo.

Salimos del edificio. El recepcionista se deshizo en sonrisas al verme en compañía de Kramer y del asqueroso perro que saltaba de felicidad ante la perspectiva de un paseo. Empezamos a seguir la costanera del Elba y pensé que bastaba con un leve empujón para hacerlo desaparecer en la mezcla de agua e inmundicia.

El paseo se prolongó hasta los jardines de Blankenesse. Observando los barcos que entraban o salían del puerto, Kramer habló de fortunas, de tesoros artísticos, de colecciones de objetos de valor incalculable extraviados antes, durante y después de la segunda guerra mundial. Yo lo escuchaba luchando con la tentación de arrojarlo al agua. El perro parecía tener dotes telepáticas, porque a cada paso me observaba enseñando los dientes.

Y los grandes perdedores de todas estas historias de fortunas extraviadas no fueron sus dueños, Belmonte, sino las compañías de seguros. Una vez disparado el último tiro, en el año cuarenta y cinco, empezó la guerra fría, aunque los historiadores insistan en que todo comienza con la construcción del muro de Berlín. El año cuarenta y cinco, el de la división del mapa europeo entre los colores rojo y blanco, fue para las aseguradoras como una guillotina cortando la serie de puntos suspensivos que hilaban el camino hasta muchos de esos tesoros extraviados. Pero todas las compañías de seguros sabían que tarde o temprano los eslabones de la cadena volverían a juntarse, recuperando la continuidad lógica que condujera al desenlace, al inevitable cierre de los círculos.

—Está hablando chino. No le entiendo un carajo.

—Conforme. Abreviaré la historia: durante más de cuarenta años a los dos lados del muro de Berlín se preservaron parcelas de historias, con la certeza de que los poseedores del otro lado esperarían pacientemente hasta que llegara el momento propicio de juntarlas. Ese momento llegó con el derrumbe del mundo socialista; los círculos empezaron a cerrarse, sólo que de una manera demasiado vertiginosa y que amenazó con transformarlos en espirales.

—Me aburre, Kramer. Dijo que jugaría limpio y no deja de envolverme con parábolas que no entiendo. Qué me importa que sus putos círculos se cierren o sigan abiertos. Y que el maldito perro deje de restregarse contra mis piernas. ¿No lo baña nunca?

—La higiene de *Canalla* es su problema personal. Empújame hasta esa cafetería. Todavía no he desayunado.

El café Mirador del Elba estaba vacío a esa hora. Ocupamos una mesa frente a una ventana. Afuera los barcos seguían pasando. En muchos se veía sobre cubierta a tripulantes entregados a las faenas de zarpe. Los envidié. Muy pronto alcanzarían Cuxhaven y la libertad del mar abierto. Kramer ordenó jarras de café y huevos revueltos. Al perro le sirvieron una enorme salchicha.

—Come, Belmonte. Entretanto te contaré una

historia que servirá para que entiendas por qué te necesito. Escucha: cuando la caída del muro de Berlín era una simple cuestión de tiempo, todos los alemanes de la parte oriental festejaban por adelantado, desfilaban gritando: «Somos un pueblo», preparaban las papilas para el sabor de la Coca-Cola, todos menos un vejete al que llamaremos Otto. ¿Verdad que en toda Sudamérica se conocen los chistes de don Otto? Pues bien, nuestro don Otto, ex miembro de las SS hitlerianas y más tarde héroe del trabajo en la RDA, esquivó los festejos y se plantó como un poste frente al legendario Check Point Charlie. Esperó día y noche. Inamovible como un centinela de otros tiempos. Esperó acalambrado, aguantando las ganas de mear, hasta que llegó el histórico momento en que los *Vopos* empezaron a vender sus uniformes y condecoraciones a los periodistas. Acababa de morir la RDA, y entonces, mientras los berlineses de los dos lados de la ciudad corrían a abrazarse y a derribar el muro hasta con las uñas, nuestro don Otto corrió hasta la primera cabina telefónica que encontró en Occidente, discó el número de informaciones, pidió el teléfono del Lloyd Hanseático en Hamburgo, llamó y solicitó hablar con el mandamás. Presumo que don Otto debió de sentirse algo frustrado al recibir como respuesta un: «Llame mañana», pero un hombre que ha esperado más de cuarenta años para jugar sus cartas no puede perder el tiempo. Don Otto insistió. Dijo: «Busque al mandamás en su casa, donde sea necesario y dígale solamente Kunsthalle, Bremen, 1945. El entenderá. Volveré a llamar en una hora».

»Mágicas palabras, Belmonte. El director del Lloyd apareció en pijama a las once de la noche. En menos de dos horas nuestro don Otto acomodaba el culo en una *limousine* que lo trasladó de Berlín a Hamburgo, y a las seis de la mañana era recibido con honores por el director, y una caterva de historiadores y expertos en arte. Varios empleados del Lloyd no durmieron esa noche. Al grano, Belmonte. Don Otto aceptó un café y dijo: "Ustedes buscan la colección de arte perdida de la Kunsthalle de Bremen. Yo sé dónde está. Hablemos de la recompensa". Por si lo ignoras, se trata de una magnífica colección de pinturas evaluadas en unos sesenta millones de dólares. "Nuestras averiguaciones indican que posiblemente se encuentre en Moscú", dijo un historiador. Don Otto continuó sin inmutarse. "Puede ser. Pero sólo una parte", indicó y a continuación narró su participación en la desaparición de las pinturas. Arreglado el tema de la recompensa, se tornó más locuaz. Una parte importante de la colección se encontraba en Asunción, Paraguay, guardada por un ex camarada de armas en las SS cuya identidad y paradero valían oro en Israel. Para enfatizar sus argumentos, don Otto enseñó unas fotografías que, pese a ser de pésima calidad, hicieron temblar de emoción a los expertos.

»Don Otto empezó a ver la vida de un color absolutamente rosa. Acompañado por ejecutivos del Lloyd y expertos en arte voló sobre el Atlántico. Durante la travesía debió de reflexionar sobre lo que haría con la recompensa, sobre la virtud de la paciencia, pero al aterrizar en Asunción sus sueños continuaron bajando hasta el infierno. Los periódicos paraguayos informaban sobre la trágica muerte de un distinguido miembro de la colonia alemana residente en Asunción. Al parecer sufrió un accidente en la tina de baño. Un secador de pelo que por desgracia estaba conectado al tomacorrientes cayó al agua y lo hizo brincar hasta el otro mundo. Accidente, ¿entiendes?

—Vi algo parecido en una película de James Bond. Con un ventilador. ¿Qué pasó con las pinturas?

—Nadie sabe dónde están ahora. Tal vez aparezcan. Lo más probable es que terminen en el sótano climatizado de algún coleccionista árabe.

—Termine el chiste de don Otto.

—No creo que lo haya encontrado gracioso. Le pagamos el boleto de regreso y lo entregamos a la policía. Después de todo, el año cuarenta y cinco fue cómplice de un robo que afectó los intereses del Lloyd. ¿Entiendes la moraleja de la historia?

—No por mucho madrugar amanece más temprano. Llegaron tarde al Paraguay. Pero sigo sin entender por qué me habla de todo esto y qué quiere de mí.

—Necesito tu astucia y tu experiencia. Para investigar. Para no llegar tarde al Paraguay o a donde sea.

—Está loco. Qué sé yo de investigaciones. Supongo que una compañía como el Lloyd trabaja con los mejores detectives. Y dígale al perro de mierda que deje en paz mis pantalones.

—Creo que le gustas. Supones bien. Contamos con los mejores detectives, investigadores, pero son ratones de bibliotecas o laboratorios. Investigan con ordenadores. En realidad dar con el paradero de una obra de arte o de un objeto valioso no es tan difícil. Es cuestión de paciencia. Las verdaderas dificultades se dan luego con el tira y afloja, con los sobornos, con las reglas que impone la ley de oferta y demanda, que son las que en definitiva deciden si el objeto cambia de manos. Pero todo esto es así en tiempos normales y, como sabes, Belmonte, los tiempos han cambiado muy rápidamente. También las reglas del juego han cambiado. Ahora se trata de investigar contando con muy pocas pistas, se trata de rastrear, dar con ciertos asuntos y actuar. No pongas esa cara, que me acerco al meollo de lo que debes saber. No te imaginas, nadie puede imaginar, la cantidad de bienes que hemos conseguido recuperar en Sudamérica. Durante cuarenta y pico de años fuimos estableciendo las reglas de la negociación con los muchachos del Tercer Reich que salvó la Odessa Conection. Un trabajo arduo y lento, de burócratas, que fue posible gracias a que disponíamos de tiempo. Pero ahora, con el fin de las fronteras que encerraban a los habitantes del mundo socialista, nada impide que los poseedores de muchos secretos viajen a por lo que consideran suyo. Y como la mayoría de estos depositarios de verdades ha envejecido, o bien vende los secretos al mejor postor o bien se lanza al camino. Quiere ahora su tajada.

—Sigo sin entender qué demonios pinto yo en su historia.

—Piensa en un tipo como Menguele. Proscrito y reclamado por medio mundo, y sin embargo consiguió disfrutar de una existencia legal y feliz entre Brasil y Paraguay. Los judíos nunca pudieron comprobar ante un tribunal brasileño o paraguayo que el vejete de aspecto bonachón fotografiado miles de veces era el mismo Angel de la Muerte. Entonces intentaron echarle el guante por otros medios, tal como lo hicieron con Adolf Eichmann en Buenos Aires, pero no les resultó. Enviaron varios comandos a secuestrar o eliminar a Menguele, pero todos fracasaron, y ¿sabes por qué? Porque no conocían los secretos de la ilegalidad sudamericana. Y tú sí que sabes del tema, Belmonte. Dominas el arte de la clandestinidad. Un ex guerrillero del cono sur no es el sujeto romántico y fracasado que pintan los informes políticos de la socialdemocracia. El capitalismo victorioso ha hecho que sus conocimientos sean una ciencia temporalmente exacta y necesaria. Entonces, ¿qué quiero de ti? Tu experiencia.

El inválido terminó de hablar y se quedó mirándome con expresión autosuficiente. ¿Y de semejante idiota había sentido miedo? Vaya un pelmazo. Si Kramer, con sus ideas ridículas del guerrillerismo, era un tipo respetado por la pasma política, eso explicaba por qué no daban con los prófugos de la Baader-Meinhof.

—Experiencia. Usted no sabe de qué habla. No entiende un carajo. No niego que estuve metido en un par de aventuras, pero fracasaron, Kramer. Fracasaron. Dé una vuelta por París o Berlín y se topará con cientos de guerrilleros jubilados.

—Cierto. Pero no es lo mismo un hombre que pegó tiros en la selva, que uno que conoce todos los terrenos. ¿Sabías que la policía antiterrorista alemana considera una joya el atentado contra Somoza? Lo estudian. Cinco hombres logran colarse en el país más vigilado de Sudamérica, el Paraguay, donde uno de cada cuatro habitantes era chivato de la seguridad. Meten armas al país, hasta dos lanzacohetes, dan con Somoza y lo liquidan. Y no eran nicas, Belmonte. Eran del cono sur. Eran tipos como tú. Durante largo tiempo busqué un ex tupamaro, un ex ERP, uno como tú, de los que aprendieron idiomas, técnicas de sabotaje, clandestinidad, el arte de ser invisibles, que se movieron por el mundo y en cada país dejaron una red de contactos.

—Usted está loco, Kramer. Lo que me dice es pura novelería. El hombre que necesita se llama Iván Ilich Ramírez. Le regalo el dato.

—El legendario «Carlos». No creas que no he pensado en él. Lástima que se haya convertido en un anciano. Cuando lo echaron del Líbano se largó a Siria con su harén de alemanas. Grandes fornicadoras las damas de la Fracción del Ejército Rojo. Hicieron de él un estropajo. Acabemos. Vas a trabajar para mí. No para el Lloyd. Para mí.

—No. Ni para el Lloyd ni para usted. ¿Algo más?

—Sí. Hay algo más. Debes saber que la policía recibió una llamada anónima que la condujo hasta un alijo de coca. Cuando esperabas en la sala del Lloyd revisaban tu casa. Mal asunto, Belmonte, porque tu cómplice, un tal Valdivia, opuso resistencia al allanamiento. Mal asunto. ¿Dos mil dólares tenías en la casilla postal? También fueron requisados. Es lo normal en estos casos. No te pongas tenso. A *Canalla* le gustan los tipos relajados.

—Pensó en todo, hijo de la gran puta.

—Naturalmente. A los suizos no nos gusta dejar cabos sueltos. Es una deformación nacional. Y ahora salgamos de aquí. Regresaremos lentamente. La policía necesita tiempo para reconocer un error.

—¿Qué debo hacer?

—Viajar. A Chile. Vuelves al pago, Belmonte. Y no pienses en desertar. Sabes muy bien que los mecanismos de extradición entre tu país y Alemania funcionan de maravilla.

—Usted gana, por ahora. Pero me las pagará, Kramer. No sé cómo, pero lo voy a hacer mierda.

—¿Viste *Casablanca*? Al final de la película el policía francés le dice a Rick: «Pienso que de esto puede nacer una bella amistad».

6
Berlín: cena de negocios

Galinsky y el Mayor subieron a un taxi en Alexander Platz. Una cortina de lluvia mezclada con nieve hizo que el vehículo avanzara lentamente hasta la parte occidental de la ciudad. Se detuvo frente al Candy, uno de los buenos restaurantes de Charlottenburg. Entraron. El *maître* se acercó a saludar.

—Buenas tardes, Herr Director. ¿El aperitivo de siempre?

—Naturalmente. Ponte cómodo, Galinsky. Aquí preparan los mejores Martinis de Berlín.

Galinsky asintió con un movimiento de cabeza. Esperó a que el *maître* se alejara antes de comentar:

—¿Cliente de la casa?

—Suelo cenar aquí de vez en cuando. Y lo de director también es cierto. Estoy en la dirección de una inmobiliaria que tiene las oficinas muy cerca.

Un mozo trajo los Martinis. Bebieron. El Mayor ofreció cigarrillos.

—¿Cómo te sientes, Galinsky?

—Ahora, bien. Hasta ayer no dejaba de pensar en un psicólogo militar que habló de la abulia como un síntoma de fatiga de combate. Me sentía como un abúlico que no llegó a combatir. ¿No es curioso?

—¿Tenías planes?

—Ninguno. Cada vez que intentaba pensar, la situación me pesaba, me aplastaba. A lo más que llegué fue a comprar una de esas publicaciones para mercenarios, pero no la abrí. No niego que todavía temo los resultados de la investigación. Estar en situación de disponible es insoportable.

—No tienes razones para temer. Los oficiales de inteligencia somos intocables. Hay demasiada mierda de por medio y podría salpicar a muchos, de manera que a nadie se le ocurrirá removerla. Los únicos jodidos son los civiles, los chivatos que colaboraron con la Stasi, los pobres diablos que vendieron al vecino. Esa caza de brujas va para largo, pero a nosotros no nos tocan.

—Me gusta su optimismo, Mayor.

—Sé de lo que hablo. En tu pasado no existe nada reprobable, Galinsky. Estuviste en Cuba enseñando a submarinistas nicaragüenses a desactivar cargas de profundidad. ¿Y qué? Las Naciones Unidas condenaron a los norteamericanos por el minado de los puertos. Cumpliste una misión humanitaria y nadie te condenará por ella. También estuviste en Angola preparando a los mismos milicianos que luego protegieron las instalaciones de la Shell. En Mozambique ayudaste a proteger el tendido ferroviario y el aeropuerto de Moputo. ¿Qué hay de censurable en todo eso? Con anterioridad impartiste cursos de explosivos a chilenos y bolivianos. ¿Y qué? Venían de naciones con grandes recursos mineros y te fueron presentados como obreros con becas de especialización. Lo que hiciste con ellos se llama ayuda al desarrollo. Eras militar y todo tu quehacer se sustentó en leyes. Simplemente las obedeciste.

Cenaron opíparamente. El Mayor escogió los vinos con acierto y, luego de los postres, bebiendo un excelente coñac, le repitió que no había motivos para temer sanciones o represalias.

—Naturalmente que alguien ha de expiar todas las culpas. Y ese alguien será un viejo senil que en estos momentos prepara sus maletas. Lo dejarán viajar a Chile y allá morirá, en el exilio. Es el fin trágico que exige la dramaturgia alemana. Bebe, Galinsky. A la salud de nuestro secretario general, presidente, último dirigente proletario. El pobre viejo fue tan cretino que llegó a creer en los homenajes que él mismo ordenaba que le hicieran, en las estadísticas y balances de producción que él mismo inventaba. Bebe, Galinsky. ¿Quieres saber cuánto cuesta una botella de coñac? Lo mismo que tú y yo ganábamos en un año. Pero esos tiempos pasaron. Esos piojosos tiempos son historia molesta. Ahora, los nuevos tiempos corren y trabajan para nosotros.

—Yo también quiero verlos de esa manera. ¿Hay una receta?

—Positivo. La hay, y empieza por fijarse la única meta válida: ser rico. Mientras más rico mejor. La riqueza es un bálsamo y la pobreza es obscena. Piensa, Galinsky; cuando cayó el muro, creímos que los occidentales, los *Wessis,* mirarían nuestra pobreza con piedad, con misericordia, ¿y qué pasó en realidad?, que la miraron con asco, con repugnancia. El discurso oficial decretó que éramos todos iguales, pero sabemos que no es verdad. Cuando uno de nosotros, un roñoso *Ossi* levanta la mano para ver la hora en su puerco reloj ruso, siente que el tiempo le ha jugado una mala pasada, que se le escapa a torrentes, que marcha a una velocidad imposible de seguir. Pero cuando un *Wessi* consulta la hora en un Rolex de brillantes, entonces comprueba que el tiempo le pertenece y lo domina. Hay que decidirse a ser ricos, Galinsky, y los hombres como tú y yo estamos en estupendas condiciones para conseguirlo. Eramos comunistas, por lo tanto conocemos las reglas del capitalismo. Y también éramos militares, es decir, individuos que se prepararon para superar las derrotas.

—Disculpe, Mayor. No lo entiendo.

—¿Qué mueve a un militar?

—Todo lo que me viene a la cabeza me suena estúpido.

—Y tal vez lo sea. Es que eres joven, Galinsky. Siempre te consideraron un oficial honesto porque te creías todos los cuentos. Pero yo soy veterano y puedo decirte la gran verdad: la razón de ser de todo militar es simplemente el botín de guerra.

Bebieron otra copa de aquel delicioso coñac y salieron del restaurante emprendiendo un paseo por las calles de Charlottenburg. Galinsky sintió que un resabio de mal humor amenazaba con arruinarle la estupenda cena. ¿Lo había citado e invitado para eso? ¿Para filosofar en un lenguaje de curiosos códigos moralizantes? ¿Para demostrarle que podía pertenecerse al bando de los triunfadores, mas sin detallarle cómo? Al llegar frente a la reja de un parqueadero privado se detuvieron.

—Ábrete, Sésamo —dijo el Mayor introduciendo una tarjeta magnética en el portero automático.

Entraron a un garaje subterráneo. Pasaron delante de dos filas de autos hasta que llegaron frente a un Mercedes descapotable. El Mayor accionó un mando a distancia y quitó los seguros de las puertas.

—¿Te gusta? Es mi juguete favorito.

—¿Es suyo?

—Hazme el favor de conducir. Estoy algo cansado.

Salieron del garaje. Galinsky no podía creerlo. Iba conduciendo un coche de película. Un Mercedes deportivo. Los instrumentos del panel brillaban y las luces de la ciudad se reflejaban sobre el reluciente capó. Siguiendo las instrucciones del

Mayor condujo hasta la parte oriental de la ciudad, débilmente iluminada, flanqueada por edificios grises y chatos como el socialismo que representaron.

—Toma la Unten den Linden. ¿Cómo lo traduces al español?

—Bajo los Tilos. Avenida Bajo los Tilos. ¿Adónde vamos, Mayor?

—¿Estás en buena forma, Galinsky?

—¿En qué sentido, Mayor?

—En el mejor. Tengo una misión para ti.

—Usted ordena. Ayer se lo dije.

—Como en los viejos tiempos. Sólo que esta vez no te espera ninguna chapa de hojalata si la cumples. Te espera un cuarto de millón de marcos.

—Nunca antes me sentí tan bien. Usted ordena, Mayor.

—Formidable. Sigue por la Unten den Linden. Vamos a putas.

Los tilos que dan nombre a la avenida se mostraban tan mustios como los edificios circundantes. Al pasar frente al mausoleo de las víctimas del militarismo y del fascismo, el Mayor soltó una carcajada.

—Lo están vendiendo todo, Galinsky. ¿Cuántas veces te tocó ser parte de la guardia de honor del mausoleo? Sabañones que nos dio la patria. No tardarán en venderlo. Seguramente abrirán una hamburguesería en el lugar. Podrán usar la llama eterna para las fritangas.

Aparcaron cerca de la Platz der Akademie. Galinsky miró la triste luminaria del hotel Charlottenhof. El Mayor volvió a reír.

—El viejo Charlottenhof. Debe de traerte recuerdos de cuando venías a buscar a los latinoamericanos para llevarlos a la base de Cottbus. El que compre ese hotel se encontrará con una fortuna en alambre y micrófonos. La Stasi instalaba micrófonos para cada invitado, nosotros poníamos otros, la KGB, la CIA, los árabes, los cubanos, los angoleños. Aquí hay más micrófonos que ladrillos. Sé de un británico que acaba de comprar los ascensores de jaula.

Galinsky secundó la risa del Mayor. Rió, pero no evitó recordar cierta mañana de 1980. En aquella ocasión pasó por el hotel Charlottenhof para entrevistarse con una nicaragüense. La mujer había llegado a la RDA con una delegación de niños que no podían jugar, y no porque les faltaran ganas. Les faltaban las manos. Poco antes de la victoria sandinista, la guardia de Anastasio Somoza cercenó las manos de veinte niños que lanzaron piedras durante la insurrección de Masaya. Doce de ellos sobrevivieron y llegaron a Berlín para recibir las prótesis que les permitirían volver a jugar. Los chicos lo saludaron alzando los muñones derechos en una horrenda parodia del saludo proletario. Galinsky tragó saliva y no dijo nada. Tocar un tema como ése era lanzar un balde de agua sucia sobre la alegre noche de los buenos tiempos que comenzaban.

Empujaron un ancho y vetusto portón que daba a un típico pasadizo berlinés. A los costados estaban las escaleras que conducían a las alas derecha e izquierda del edificio. Junto a ellas se ordenaban las filas de buzones y contadores eléctricos. Avanzaron hasta la puerta que conducía al patio interior. Galinsky conocía muy bien ese tipo de edificaciones. Supuso que en el patio interior, en el *Innenhof,* encontrarían bloques con los muros descascarados, balcones colgando peligrosamente y, tras los vidrios de alguna ventana pobremente iluminada, la silueta de un viejo leyendo, o revisando una colección de postales.

Para sorpresa de Galinsky el edificio del patio interior estaba semioculto por andamios, de los que colgaban rótulos publicitarios de constructoras de Occidente. Todo el primer piso se veía iluminado. La entrada olía a pintura fresca y una voz los saludó desde el portero automático.

—Buenas noches. ¿Qué desean?

—Uno o varios tragos, pero bien acompañados —respondió el Mayor.

Un sujeto musculoso los recibió a la entrada del piso. Reconoció al Mayor y se disculpó por el penetrante olor a pintura. Enseguida los condujo hasta una amplia habitación. Allí, acodadas frente a una barra americana, un grupo de mujeres charlaba con algunos clientes. Ordenaron dos ginebras.

—De todos los burdeles que se han abierto, éste es el mejor. Alégrate, Galinsky. No tiene nada que envidiarles a los del otro lado. El dueño es un tipo de Munich que se ha gastado una fortuna renovando el edificio. ¿Qué tal las chicas? Hay para todos los gustos. Mira. Con la mulata aquella puedes practicar español. Es cubana. ¿Pero dónde se metió mi geisha?

A las tres de la mañana una espesa capa de nieve cubría las calles de Berlín. Galinsky se acercó hasta una ventana y la abrió para recibir el aire frío y vivificante. Llevaba dos horas estudiando los documentos que el Mayor le entregara.

—¿Cansado, Galinsky? —preguntó desde el otro lado del escritorio.

—No. Mayor. Impresionado por la historia.

—Bueno. Tienes dos días para organizar el viaje.

—Chile. Nunca estuve en ese país.

—No ha de ser muy diferente a Cuba. Festejaremos tu regreso en el mismo burdel. Y serás tú el que invite.

—Será un placer, Mayor. Un verdadero placer —dijo Galinsky, y dejó sobre el escritorio un ejemplar del catálogo general del Museo Numismático de Zurich.

7
Hamburgo: tiempo de reflexión

Dejé a Kramer a la entrada del edificio del Lloyd y enseguida eché a andar sin rumbo fijo. Primero pensé en acercarme hasta el *Imbiss* de Zelma, luego quise pasar por el Regina a retirar el dinero que me adeudaban, pero finalmente se impuso el desamparo, la necesidad de las cuatro paredes protectoras y así me vi subiendo la escalera en busca de mi guarida.

El vecino del piso de abajo debió de estar horas con el ojo pegado al visor de seguridad, o como se llamen esos odiosos orificios vigilantes. Esperó a que cruzara el descanso para abrir la puerta.

—Oiga. Queremos decirle que ésta es una casa decente —escupió.

—¿Queremos? No veo al resto del coro.

—Lo hemos hablado con los vecinos. Por la mañana estuvo la policía registrando su piso. Firmamos una solicitud para que lo echen.

—Gracias por el aviso. Me gusta la gente amable.

—¿Por qué no se larga a Turquía?

—Porque no me da la gana. Porque me gusta

vivir rodeado de hijos de puta como tú. ¿Lo entiendes?

Acompañé la pregunta subiendo los peldaños y el tipo cerró la puerta.

El piso se veía como si hubiese pasado por él un huracán. Todos los libros estaban desparramados, los cojines de los sillones abiertos a navajazos y de la cama tampoco quedaba demasiado. En el lavamanos, una pasta formada con dentífrico, champú y agua de colonia burbujeaba su impotencia de bajar por el desagüe. En la cocina, el refrigerador abierto iluminaba una geografía de arroz, sopas de sobre y fideos convenientemente pisoteados. En el suelo de la sala vi a la víctima invitada: el calentador eléctrico de Pedro de Valdivia enseñaba sus cables cortados. La pasma había hecho un buen trabajo.

Retiré los cojines abiertos y me tiré sobre los resortes del sofá. Hacía frío, tanto como afuera. Al parecer seguía sin calefacción. Pensé en el petisito del pasamontañas azul. Cuando acepté el encargo de Kramer, el inválido me aseguró que Pedro de Valdivia sería puesto en libertad sin cargos, pero no dejaba de sentir que le debía más de una disculpa.

—Mañana recibirás los pasajes, las últimas instrucciones y un adelanto para gastos —dijo Kramer al separarnos.

—Y la posibilidad de jugarle sucio. De joderlo.

—No lo harás. Lentamente, aunque te niegues a aceptarlo, vas descubriendo que te he propuesto el mejor de los tratos. Vas a ganar, Belmonte. Por primera vez obtendrás provecho de una aventura.

—Qué sabe usted de ganar o perder.

—Más de lo que crees. Y no olvides: trabajas para mí. Exclusivamente.

Volvía a Chile. Viví con el temor de aquel momento, y no porque el país hubiera dejado de gustarme, de ocupar un lugar en mis neuronas. Temía el regreso porque siempre fui un sujeto inmune a la amnesia, sobre todo a las amnesias decretadas por razones de Estado, por pactos políticos, por mandato basural.

¿Qué me esperaba en Chile? Un miedo terrible. La incertidumbre de no saber cómo reaccionaría mi estómago, por darle un nombre antojadizo a la región donde se nos aloja el alma.

Y además, allá estás tú, Verónica, mi amor, en tu reducto de silencio al que no quiero acercarme porque sé que no me dejarás entrar.

Desde aquella perspectiva de reptil vi de pronto el ejemplar deslomado de *Viaje al fin de la noche*. En ese libro conservaba la única carta que alguna vez me produjo todo el dolor que puede esconder una buena noticia. Me incorporé a buscar entre sus páginas. Ahí seguía, doblada en cuatro como si también tuviera frío.

«Señor Juan Belmonte, usted no me conoce. Me llamo Ana Lagos de Sánchez y soy la esposa de un detenido desaparecido. A mi marido Angel Sánchez lo detuvieron el 22 de mayo de 1974, a las diez de la mañana y cuando salía de casa. Iba a comprar materiales a una ferretería. Era fontanero y tenía cuarenta años. Varias personas vieron cómo se lo llevaban en un auto sin placas, y desde esa fecha no volví a saber de él. Angel era militante del partido comunista. Yo sigo siéndolo. Buscando a mi marido empecé a participar activamente en el Comité de Familiares de Desaparecidos. Usted debe saber que hemos logrado dar con las tumbas secretas de muchos de ellos, y que también algunas veces, por desgracia las menos, hemos encontrado a algunos con vida, sobre todo a niños.

»Una de nuestras formas de búsqueda consiste en salir de casa muy temprano, apenas levantan el toque de queda, para dirigirnos a los basurales y otros sitios eriazos que rodean Santiago. Lo hacemos cada día. No quiero atormentarlo, pero creo que hemos encontrado a su compañera, y viva.

»El 19 de julio de 1979, en un basural de San Bernardo apareció una mujer joven. Nos avisaron y fuimos. Lo que sigue es muy duro, Juan, pero sé que usted es un hombre de valor. Como sabe, ella fue detenida en octubre de 1977. Usted no estaba en Chile. El padre de su compañera, que era viudo, se movilizó buscándola hasta que las fuerzas lo abandonaron. Don Andrés Tapia falleció en septiembre de 1978, después de conseguir que la justicia chilena diera por desaparecida a Verónica Tapia Márquez. Nuestro comité tiene fotos de casi todos los desaparecidos, y gracias a una de esas fotos pudimos identificarla.

»Ella está físicamente bien, Juan, pero la destrozaron psíquicamente. No habla. Desde que la encontramos no hemos conseguido que pronuncie ni una sola palabra. Quién sabe qué horrores padeció y vio durante el tiempo que estuvo a merced de los militares.

»Una vez que la identificamos empezamos a buscar a su familia, pero, como usted sabe, Verónica no tenía otro familiar que el padre. Ella vive conmigo. Como una forma de protegernos mutuamente, he dicho que es mi sobrina. Hace ya tres años que vive en mi casa, y aunque no habla y permanece todo el tiempo ausente, he aprendido a quererla como a una hija.

»Pero por fin he dado con usted. Hace unas semanas, cuando esperábamos el bus que nos llevaría de regreso a casa luego de visitar un médico amigo que atiende a Verónica, se nos acercó un hombre que la reconoció. Ella no salió de su silencio, entonces yo le pregunté al desconocido si acaso era amigo de Verónica y si podía ayudarnos a encontrar a más personas que la conocieran de antes. El hombre tenía miedo. Se le notaba. Son tantos los cobardes en este país. Le insistí, y de manera muy rápida me habló de usted, de que sabía que estaba en el exilio.

»Lo demás fue buscar información en el Comité de Familiares de Desaparecidos. Como la desgracia une, por fortuna tenemos relaciones con las Madres de la Plaza de Mayo. De ellas nos llegó su domicilio.

»Sé que usted no puede ni debe regresar a Chile mientras dure la dictadura. Quiero que sepa que Verónica está bien atendida y que, pese a no saber dónde se encuentra, prisionera acaso del horror que padeció, no le falta ni el cariño ni la solidaridad de los vencidos que siguen creyendo en el amor.

»Le adjunto mi dirección y mi número de teléfono.

»Le abrazo en este momento tan duro, y le pido que de él rescate la alegría de saberla viva.

»Su amiga.

»Ana Lagos de Sánchez.»

Así volvió Verónica, así volviste, amor, en fotografías que más tarde me envió la buena señora Ana. Tu mismo rostro de niña enmarcado por la ausencia que destilaban tus ojos. La larga cabellera poblada de canas que he recorrido con los dedos hasta casi borrar la imagen, mientras una y otra vez aceptaba vivir sólo para ti, para tu bienestar, y renunciaba a las luchas que me invitaban desde las selvas salvadoreñas o guatemaltecas. Vivir para ti, para que no te faltara nada, Verónica, mi amor. Cumpliendo con cualquier oficio por indigno que fuera, avergonzándome por haber reído en Managua aquel mismo día 19 de julio de 1979 en que aparecías, resucitabas en un basural de Santiago. Cómo he odiado estas manos que aquel día tocaron el cielo rojinegro de la victoria sandinista. Cómo quise volver de inmediato y cuánto me desprecié al comprobar que no deseaba volver por ti, la ausente que eres, sino para vengar la muerte de la que fuiste. Y ahora regreso, Verónica, mi amor, y tengo miedo, mucho miedo, porque la sed de venganza determina y dirige cada uno de mis pensamientos.

Alguien llamó a la puerta y apreté los puños. Si se trataba de uno de mis vecinos propensos a dar consejos lo haría bajar regando dientes por la escalera.

Pedro de Valdivia me observó con su único ojo abierto. El otro lo tenía hinchado y adornado por un hematoma violáceo.

—La pasma dejó la cagada, jefe. Rompieron todo —saludó.

—Ya me di cuenta. Pasa.

—Les dije que usted no estaba y no me creyeron.

—Así es la pasma. Incrédula. ¿Quién te cerró el ojo?

—No fueron ellos. Me metieron a una celda con un noruego borracho que insistió en hacerme bailar una danza de la lluvia. Pero recibió lo suyo, jefe. Le metí un cabezazo que lo hará dormir varios días.

El petisito contempló los destrozos moviendo la cabeza. Al observar el destripado calentador eléctrico adquirió una expresión de Polifemo iracundo.

—Cabrones. Putos cabrones. Se cargaron la estufa.

—No hay problema. Yo lo pago.

—No lo digo por eso, jefe. Todo el edificio tiene calefacción menos usted —dijo, y empezó a recoger libros y otros objetos del suelo.

Mientras Pedro de Valdivia se entregaba a las faenas de reordenar el mundo luego de una explosión policial, fui a la cocina para ver si las fuerzas del orden habían respetado alguna botella. Tuve suerte. Dejaron una de tequila Cuervo amontonada junto a los artículos de la limpieza.

—Deja eso. Echémonos un trago.

—¿Pisco? Puedo bajar a comprar limones y le hago un piscosour.

—Es tequila. Trago de machos. Salud.

—Bueno el pisco mexicano —dijo el petisito guiñando el ojo intacto.

A las dos horas Pedro de Valdivia tenía el piso tan ordenado como si por él hubiera pasado una pandilla de amas de casa. Sin mayor entusiasmo lo ayudé, pero me gustó que estuviera conmigo. La última mota de espuma de los cojines destripados desapareció junto a la última gota de tequila.

—Yo vengo mañana con aguja e hilo y le dejo los cojines como nuevos, jefe.

—¿No vas a preguntar qué quería la pasma?

—La pasma siempre quiere lo peor.

—Te metieron en cana por mi culpa.

—Un par de horas. ¿Qué le hace el agua al pescado? Lo que me extraña es que me soltaran luego de haberle roto la cara al noruego.

—¿Sabes una cosa, Pedro de Valdivia? Nos iremos a comer donde unos amigos turcos.

—Fantástico, jefe. ¿Celebramos algo?

—¿Por qué no? Celebramos mi regreso a Chile.

Caminando hacia el *Imbiss* de Zelma empezó a nevar. El petisito se bajó el pasamontañas hasta el cuello y a cada segundo paso giraba la cabeza para mirarme. El brillo de su ojo sano parecía indicar que nos estábamos metiendo en algo grande, en una de esas empresas cuyas tribulaciones serían insoportables sin la presencia de un buen compañero.

INTERMEDIO

«Dejé mi Tánger natal el 13 de junio de 1325 (según el calendario cristiano). Tenía veintiún años y justifiqué mi decisión con los argumentos del peregrino. Así dejé a mis padres, a mis hermanos, a mis mujeres, a mis hijos, a mis amigos y mis bienes. Partí con la misma solemne tranquilidad del pájaro que abandona su nido. Sólo el Altísimo, el Clemente, el Digno de las noventa y nueve Virtudes conocía el rumbo de los vientos que me impulsaban...»

(Con estas palabras comienza la narración que el jeque Abú Abdallati Muhammad Ibn Abdallah Ibn Muhammad Ibn Ibrahin Al Klawatti, conocido como Ibn Batutta a lo largo de los ciento veinte mil kilómetros que pasaron bajo sus plantas, dictó hace más de seiscientos años.)

«... Durante mis viajes, que aún no finalizan —sólo el Insondable sabe qué es lo que busco y si habré de encontrarlo algún día—, conocí a tres clases de viajeros: primero están los piadosos peregrinos. Que el Generoso vele por ellos. Luego vienen los serenos comerciantes que siguen la huella de las caravanas. Que el Perfecto cuide sus bienes y los multiplique. Y finalmente están aquellos que suspiran contemplando el indefinible horizonte del mar. Extraños hombres sin apego a los bienes que Alá les dispensa. Prefieren depender de su voluntad durante las horrorosas tormentas a disfrutar de la amorosa hospitalidad del bazar. Sus almas encuentran mayor sosiego en el pavoroso rugir del viento que en la piadosa voz del imam anunciando el tiempo de oración desde lo alto del minarete. Que el Misericordioso alivie sus penas y las mías, porque a éstos los siento mis hermanos...»

(En 1367, luego de más de cuarenta años viajando por tres continentes y abriendo incontables rutas, Ibn Batutta se acogió al amparo del sultán de Fez. En esa ciudad, donde la rueda estaba prohibida, fue huésped de la honorable Universidad de Quarawiyin. Ayudado por el poeta andaluz Ibn Yuzay trabajó durante dos años en la redacción de su Rhila, sorprendente libro de viajes y navegaciones, cuyo manuscrito es hoy propiedad de la Biblioteca Nacional de París.)

«... La magnificencia de Alá ha preservado mis memorias y ha inspirado las bellas y mesuradas palabras con que Ibn Yuzay las transcribe. La vida me sigue pareciendo un grande y sublime misterio, mas la voluntad del Insondable no quiso que me detuviera sino frente a una sola de las puertas que guardan sus secretos. Fue hace muchos años y yo disfrutaba de la hospitalidad y homenajes de Muhammad Ibn Tuglug, sultán de la India. Que el Magnánimo preserve su veneración y humille a sus detractores. Estábamos en la sala de las noventa y nueve columnas del palacio de Yahanpanah observando el meticuloso trabajo de unos artesanos. Los hombres revestían con diminutos azulejos el interior de una cúpula. Empezaron por los costados y, lentamente, las piezas perfectamente encajadas avanzaron hacia el centro hasta que dejaron el espacio mínimo y exacto para la última. Entonces los artesanos interrumpieron el trabajo para alabar la perfección de Alá. Allí entendí que ningún viajero, por más lejos que llegue, está huérfano de la protección del Altísimo, de su mirada que todo lo ve y de su memoria que todo lo conserva. Los peregrinos que jamás volvieron, los comerciantes cuyas caravanas fueron tragadas por el tórrido desierto, los navegantes que perdieron el horizonte del mar, los que no tienen sepulturas regadas por dolorosos llantos de viudas, son también piezas de un mosaico creado por la voluntad de Alá, que se dejaron llevar por su mano infalible en busca del lugar propicio, del acomodo exacto. Muchos de ellos habrán encontrado su simétrica eternidad en tierras que ningún otro hombre ha de visitar, pues así lo ha dispuesto el Magnífico. Otros, como yo, indigno de la perfección, no hemos encontrado el justo acomodo, pero un día su infinita generosidad reunirá las partes dispersas. Entonces el mosaico estará completo y los espíritus atribulados y disfrutará del orden del Generoso, del Piadoso, del que está lleno de Misericordia y de Virtudes...»

(Ibn Batutta murió en 1369, en Fez, a los sesenta y cuatro años. Su desolado protector, el sultán, mandó acuñar en su homenaje cien monedas de oro de diez onzas cada una, que debían ser enterradas en cien diferentes cruces de caminos que el viajero recorriera. Pero la voluntad del sultán nunca llegó a cumplirse del todo, y las monedas cambiaron de dueño innumerables veces. En el catálogo del Museo Numismático de Zurich se consigna que el último propietario de las monedas —sesenta y tres de las cien— fue un prestigioso platero de Bremen llamado Isaac Rosemberg, fallecido en 1943 cn el campo de concentración de Bergen-Belsen. Las monedas fueron vistas por última vez en Berlín en 1941. Se las conoce como Colección de la Media Luna Errante.)

Segunda parte

Vivir intensamente compensa todo esfuerzo
y casi todo sacrificio. Vivir a medias ha sido
siempre función y castigo de mediocres.

Rolo Diez, *Una baldosa en el valle de la muerte*

1
A diez mil metros de altura: reflexiones de un insomne

Luego de la cena proyectaron una película decididamente somnífera, y la mayoría de los pasajeros roncaba bajo las mantas azules de la Lufthansa. Seguí el filme de Indiana Jones sin ponerme los audífonos, deseando que terminara y aparecieran nuevamente en la pantalla los contornos de Europa y Sudamérica separados por un espacio azul. Una línea de puntos suspensivos indicaba el curso del avión. Volábamos muy cerca de unas manchas identificadas como el archipiélago de Cabo Verde, y yo sentía que cada uno de aquellos puntos era un eslabón más de la cadena que me ataba a una aventura de la que dudaba salir bien parado.

Dos días antes de partir tuve la última entrevista con Kramer. Aquél fue uno de esos días de sol inútil que sin embargo llenan las calles de Hamburgo de sujetos extasiados ante la confirmación de que el viejo astro sigue brillando todavía.

Me citó en los jardines de Ptanten und Blumen, un gran parque que nace en el centro y termina en las inmediaciones del puerto. La cita era a las nueve de la mañana y, cuando llegué, él ya estaba allí disfrutando de un espectáculo denigrante y de las putadas que le dirigía una abuela tan furiosa como horrorizada, porque el asqueroso perro del inválido se estaba cepillando a su perrita.

—Viejo degenerado, ¡haga algo para que su bestia suelte a mi animalito! —dijo la abuela esgrimiendo un bolso que no estrelló contra la cabeza de Kramer, como eran mis deseos.

—Mi buena señora, no se pueden frenar los instintos —respondió el inválido con una sonrisa cínica.

—Señor, por favor —me suplicó la abuela cuando me acerqué; quise darle una patada al perro, aprovechando que gemía, ocupadísimo, pero no tuve suerte pues en ese mismo momento se desacopló de la perrita. Con la roja verga todavía erguida como un cuerno se sentó en el suelo y desde ahí me enseñó los dientes.

—Gracias. Sé que a ustedes el Corán les prohíbe estas inmundicias —dijo la abuela y se alejó con su mascota denigrada.

—No te metas en los asuntos de *Canalla*. Es un buen consejo —saludó Kramer.

—¿Cuántas razas ha degenerado su esperpento?

—Vamos a desayunar. *Canalla* se ha ganado un refrigerio.

Ocupamos una mesa al aire libre. También Kramer sentía la necesidad de mentirse jurando que aquel sol le calentaba los huesos. Pidió dos jarras de café con magdalenas y ordenó que al perro le sirvieran una tortilla de soja.

—La soja es un gran reconstituyente sexual. Los chinos saben mucho de estas cosas.

—Por mí, que le den veneno a su perro de mierda.

—Tú y *Canalla* llegarán a quererse. Estoy seguro. ¿Tienes los pasajes?

—Sabe muy bien que los tengo.

—Sólo trato de ser amable. Veamos: ¿cuál es tu misión?

—Viajar a la Tierra del Fuego. Encontrar a un tal Hans Hillermann y convencerlo para que devuelva sesenta y tres monedas de oro. Todo muy fácil, salvo que un tipo al que llaman el Mayor haya llegado antes y ya no existan ni Hillermann ni las monedas.

—No ha llegado. No se ha movido de Berlín. De eso quería hablarte, Belmonte. Contraté a un detective privado y di con el famoso Mayor. Es un ex oficial de inteligencia de la RDA que ahora dirige un negocio inmobiliario.

—Un ex oficial de inteligencia. Hay otro hombre en camino. Tal vez viene de vuelta.

—Es posible. En todo caso te obliga a actuar muy rápido. Sé y comprendo que quieras ver a Verónica...

—No la nombre, Kramer. No quiero escuchar en su hocico el nombre de mi compañera.

—¡Quieto, *Canalla!* Está bien, pero no grites, Belmonte, que el perro se pone nervioso. Escucha: lo que tenga que ver con tu vida personal lo harás una vez cumplida la misión. He cambiado tu vuelo de Santiago a Punta Arenas. En el aeropuerto de Santiago estarás dos horas y enseguida proseguirás rumbo al sur. Lo he arreglado todo y debes retirar el billete de la línea aérea nacional en el mismo aeropuerto. Vas a llegar antes que el otro, Belmonte. Vas a ganar la partida. Debes ganarla y sabes por qué.

Y vaya si lo sabía. Desde el primer encuentro Kramer intentó dar a entender que me tenía en sus manos. Consiguió que la pasma me borrara la retaguardia, la condenada infraestructura de las fábulas guerrilleras, y me quedara en el limbo de los descolgados, de los que no tienen adónde ir, de los que se quedan nada más que con los principios y no saben qué diablos hacer con ellos. En aquella oportunidad me tuvo realmente por las cuerdas. Mis principios empiezan y terminan en Verónica. Tienen su nombre, y todo lo que hice y hago conduce a satisfacer sus mínimas necesidades. Ignoro si Kramer desestimó mi pasado al pensar que me metía en un callejón cuya única salida vigilaba sentado en su silla de ruedas, o si todo lo hizo para comprobar que los hombres como yo pensamos mejor cuando lo hacemos aprisa, apremiados por el cerco que se estrecha. Evaluar la situación sobre la marcha, decíamos en la vieja jerga, y eso hice mientras caminábamos por la orilla del Elba. Me ponía contra las cuerdas porque me necesitaba. Recurría al chantaje, ergo los dos teníamos algo que ganar o que perder. Y además citaba una bonita suma de dinero como premio a mis servicios. En Nicaragua aprendí algo de Edén Pastora, uno de los mejores guerrilleros de la historia: las retiradas difíciles resultan cuando se disfrazan de ataques masivos.

—Está bien, Kramer. Haré lo que me pida, pero tengo un precio.

—Veamos. Todo se puede negociar.

—Su dinero me interesa un carajo. Quiero algo más: voy a cumplir con la misión, tendrá las malditas monedas, pero usted se encarga de traer a Verónica a Europa, al mejor centro médico para enfermedades psíquicas.

—De acuerdo. La mejor clínica suiza.

—No, danesa. En Copenhague está el mejor centro para víctimas de la tortura. Cueste lo que cueste.

—Acepto. En cuanto vea las monedas sobre mi escritorio empiezo a organizar el viaje de tu compañera. Cueste lo que cueste.

Los puntos suspensivos avanzaban lentamente sobre la mancha azul, como trazando un puente entre las dos orillas. Una azafata me preguntó si acaso tenía dificultades para dormir y me ofreció antiparras. Le pedí un Jack Daniel's con hielo y con el vaso en la mano empecé a recordar la salida de Hamburgo. Habían pasado apenas ocho horas y me resultaba como si hubiese ocurrido en otra vida de la que apenas conseguía retener detalles.

Pedro de Valdivia fue a dejarme al aeropuerto. El petisito quedó instalado en mi piso con instrucciones precisas.

—Entonces, ya sabes; si no regreso en dos semanas, vendes todo lo que puedas vender y el dinero lo giras a la dirección que te he dejado.

—No se preocupe, jefe. Usted va a volver. No sé por qué viaja a Chile, pero le irá bien. Yo no hago preguntas, jefe.

—Cierto. Es lo que más me gusta de ti.

—Febrero. Allá es verano. Ya ni me acuerdo del calor.

—Depende, jefe. En la capital es verano, pero en el sur está empezando el otoño.

—Cierto. Tengo una cita en la Tierra del Fuego.

—Yo soy de allá, jefe. De Porvenir. Tiene que llevar ropa gruesa. En esta época empiezan a soplar los vientos del polo. Sé lo que digo, jefe.

—O sea que no me voy a librar del abrigo.

—Mejor un anorak. ¿No tiene uno? No importa. Le paso uno mío que me queda súper grande. Es de los rellenos con plumas de pato.

La mañana de la partida apareció con el anorak verde que incluso a mí me vino grande. Nos despedimos con un apretón de manos, y luego de pasar por el control de policía giré la cabeza. El petisito seguía en el *hall,* sonriendo, con el pasamontañas azul metido hasta las cejas y un ojo medio cerrado todavía.

Tras diez horas de vuelo fue un verdadero placer estirar las piernas en São Paulo. Un calor pegajoso se adueñaba de las ropas y del cuerpo. Tomando por fin una taza de café verdadero en un bar de la sala de tránsito me vi alarmado por una idea: ¿y si el «alguien», fuera quien fuera, hombre o mujer, mandado por el Mayor viajara en el mismo vuelo? En el avión íbamos unas doscientas personas. Decidí preocuparme de los rostros. Apenas se reanudara el vuelo recorrería los pasillos memorizando caras. Al segundo café me pareció un esfuerzo inútil. Estaba actuando como si fuera un detective privado, suponiendo que así actúan los sabuesos por la libre.

Conocía muchos nombres de detectives privados que solucionan casos en los turbios mundos de las novelas policiacas, pero de carne y hueso no había visto más que a uno, cuyo nombre olvidé disciplinadamente.

Creo que fue en 1977, cuando el mundo era una especie de supermercado donde los revolucionarios de todos los pelajes se surtían de dinero y armamento. Regresaba de Mozambique a Panamá con dos días de descanso en Rabat. Allí debía topar con un militante del Frente Polisario que me entregaría un mensaje para Hugo Spadafora. Nos citamos en un café y el hombre me gustó desde el primer momento. Se llamaba «Salem», como los cigarrillos, y hablaba el español ceremonioso de los saharauis.

—A nosotros nos están olvidando. Parece que las guerras independentistas ya no se venden —dijo Salem.

—Yo, no. Sé poco de los saharauis pero me simpatizan. Debe de ser porque siempre me gustaron las historias de tuaregs.

—¿Harías algo por nosotros?

—Llevo un mensaje para Hugo. ¿No basta?

—Se trata de algo más. De «recuperar» una pasta que necesitamos. Hay un traficante de armas que nos jugó sucio, nos entregó pura chatarra y eso no se les hace a los hijos del desierto.

—¿Y dónde atiende el caballero?

—En México, D.F., que como sabes es una ciudad muy tranquila, pero la pasta la mueve en Luxemburgo. Tenemos a su segundo hombre vigilado día y noche.

De Rabat seguí viaje a Panamá y de ahí a La Habana para buscar al hombre que me ayudaría a echarles una mano a los hijos del desierto. Sé muy poco de México, D.F., lo cual es normal, pues nadie puede jactarse de conocer la ciudad más grande del planeta. Y de los mexicanos sabía aún menos. Curiosos los mexicanos. Un pueblo sin el corte traumático de la historia que significaron los golpes militares en el cono sur. Vivían su rollo, la pasaban mal, pero continuaban empecinadamente la lucha por conseguir días mejores, sólo que, a diferencia del resto de los latinoamericanos, no hipotecaron la posibilidad de ser felices por el cheque fulero de la toma del poder.

Por entonces sabía poco de los mexicanos de México, pero mucho de los mexicanos de Cuba. Un año antes había hecho amistad con Marcos Salazar, un profesor que, a fines de la década de los sesenta, se lanzó a la aventura de la lucha armada para completar la gesta inconclusa de Villa y de Zapata. Se llamaron Movimiento Lucio Cabañas y pensaron que sus acciones se inscribían en el panorama insurreccional que sacudía al continente. Calcularon mal porque Cuba no los apoyó. La revolución cubana no podía darse el lujo de manchar las relaciones con México. Razones de Estado. Conclusiones basadas en «análisis objetivos de la correlación de fuerzas».

Duraron poco. La represión del Partido Revolucionario Institucional se descargó sobre ellos y varios militantes, entre los que estaba Salazar, secuestraron un avión para escapar de la muerte. Lo llevaron a Cuba y allí se quedaron, para siempre o hasta que la empalagosa telaraña de la historia decida sobre sus vidas, sus muertes, sus miedos, u otras alucinaciones.

Empecé a pasear por el malecón de La Habana. Ese era un lugar de encuentros y en él hallaría el hilo para llegar hasta Marcos. Compré el *Gramma* y lo leí de cabo a rabo sentado en un lugar visible desde los cuatro puntos cardinales. Fumé casi un atado de cigarrillos mirando a las bellas habaneras, hasta que por fin me saludó una voz conocida.

—¿Tú por aquí, Belmonte? —saludó Braulio, un mulato de andar columpiado que cargaba una maleta atada con cordeles.

—¿Qué tal, Braulio? ¿De viaje?

—Claro, me voy a Suiza a depositar las ganancias del día. Soy representante exclusivo, distribuidor y vendedor de un producto extraordinario. Se lo juro, caballero. Extraordinario.

—¿Y quién es el productor?

—Un árbol. Vendo aguacates, coño.

Braulio era uno de los ingeniosos buscavidas cubanos. Ex combatiente de Playa Girón en desgracia, pero sin perder jamás el humor.

—Necesito encontrar a un amigo. Mexicano.

—Difícil. Hace una semana nos visitó el gerente de PEMEX y a los muchachos los movieron a Camagüey.

—Diez dólares abren más de una boca.

—Bonitas palabras. Tú podrías ser poeta. Ven

126

mañana a mirar esos cultivos habaneros. Entre diez y doce. ¿Quieres un aguacate?

Marcos Salazar. ¿Qué será de él? Por entonces cuarentón, gesto cansado, implacable fumador. Una pronunciada y bronceada calva le negaba cualquier aspecto guerrillero. Un tipo de guayabera caqui y con aspecto de notario lo seguía simulando mirar las olas.

—Belmonte, carajo. Lo veo y no lo creo.

—¿Nos echamos unos mojitos?

—Yo invito y el caballero paga. ¿Y mi ángel de la guarda?

—Ya lo he visto. ¿Hay más?

—No. Soy tan insignificante que no me lo cambian desde hace meses. Fíjate que hasta turnio es el pinche chivato. Lo que sea, hermano, escúpelo mientras caminamos. Luego le hacemos al ron y a los recuerdos.

—Necesito un hombre en el D.F. Uno capaz de chingarse al diablo.

—Entiendo. Para las orejas: su nombre ya lo olvidaste y lo encuentras en Azcapotzalco. Faro del Fin del Mundo. Le falta un ojo, no sé cuál. La última vez que lo vi tenía dos.

—¿Te debo algo?

—Una borrachera que me dure días.

Azcapotzalco era lo que en muchas ciudades se conoce como un suburbio, un furúnculo que no le creció a la capital desmadrada, sino que estaba ahí de antes, esperando emboscado. Todo parecía girar en torno a una megalómana refinería que emporcaba el aire. Un par de preguntas me bastaron para dar con el Faro del Fin del Mundo, taberna frecuentada por obreros de la refinería y otros sujetos de la hermandad de la barra.

—Bueno —dijo el mesonero.

—Una cerveza. Oiga, ando buscando a un cuate que es cliente de la casa. Ese al que le falta un ojo.

—¿Y cree que él quiere ser encontrado?

—Seguro. Ya le dije que somos cuates. Y es urgente.

—Aguántele. ¿De parte de quién? —consultó el mesonero echando mano al teléfono.

—De Robinson Crusoe.

Esperé lo que duran cinco cervezas bebidas de a tercios, tiempo suficiente para convencerme de que el mundo se dividía entre pinches cabrones e hijos de la chingada. Trataba de decidir en cuál de los bandos me sentía más a gusto cuando vi al mesonero estirando el cuello y la boca para señalarme. Los gestos iban dirigidos al hombre que acababa de llegar, un tipo de edad indefinida, con la cabeza cubierta por una gorra de béisbol y el ojo derecho tapado por un parche de cuero marrón.

—Usted no es Robinson Crusoe —saludó.

—No, pero soy amigo de Marcos. En la isla me dio su nombre.

—Pinches cubanos. Ponme un eufemismo, mano.

—¿Un qué? —consultó el mesonero.

—Un cubalibre.

128

El mesonero cumplió con el pedido y entonces vi cómo el tuerto tomaba el vaso con un dedo metido adentro para impedir que la rodaja de limón y los cubitos de hielo cayeran mientras botaba el ron. Dejó caer hasta la última gota y entonces llenó el vaso con Coca-Cola.

—Se llama cubalibre para niños. Venga. Veamos de qué se trata.

Le solté la información que me diera Salem. El tuerto escuchaba sorbiendo su cubalibre para niños. Los parpadeos de su ojo me indicaron que ya planificaba la acción y cuando terminé dijo que quería ver el objetivo.

El tuerto de nombre olvidado conducía un Volkswagen escarabajo. Cruzamos la ciudad, el D.F. que parecía no tener fin, hasta que llegamos a una zona de *bungalows* estilo Hollywood. Aparcó a unos cincuenta metros de la casa que nos interesaba y la atención de su único ojo se posó en el retrovisor.

—No se ve difícil —opinó.

—Me gustaría chequear el lugar, hacer un levantamiento operativo.

—Ya se le salió el chileno. De eso me encargo yo. Usted es demasiado visible.

—¿Hablamos un poco del factor riesgo?

—¿Para qué? Robinson Crusoe es como mi hermano, y los amigos de mi hermano, etcétera.

Me llevó en el Volkswagen hasta una parada de taxis. Al despedirnos me entregó una tarjeta con la indicación de llamarlo a las ocho de la tarde. En la tarjeta se leía su nombre y, más abajo: «Investigador Privado».

Lo llamé por la tarde según convenimos. Curiosos, los mexicanos. Cuando dicen que sí, es definitivo.

—Lo haremos mañana. Paso a buscarlo al hotel a las seiscientas, como decía el general Patton.

—De acuerdo. Supongo que tiene una herramienta para mí.

—¿Cuál es su número de la suerte?

—Nueve largo.

Por la noche llamé a Rabat y le conté a Salem cómo iban las cosas. El hijo del desierto me dijo que por su lado todo marchaba según lo convenido.

Al día siguiente, poco después del amanecer, cerca de un *bungalow* hollywoodiense, en el D.F., tres hombres vistiendo monos amarillos y cascos de seguridad esperaron hasta que de la casa salió un automóvil con tres personas en el interior. Entonces bajaron de la camioneta. Uno era el tuerto, el otro, un muchacho muy ágil y el tercero, yo. El tuerto se dirigía al muchacho llamándole «Vecino».

El Vecino no tocó el timbre, se pegó a él hasta que un ropero de tres cuerpos se acercó trotando hasta la puerta. La culata nacarada de una cuarenta y cinco asomaba de su cintura.

—¿Qué pasa? —preguntó el ropero.

—Abra la pinche puerta que tenemos que encontrar el escape de gas y apúrese que si no lo encontramos a tiempo vamos a tener una explosión madre y va a volar medio efe, ándele y abra de una vez.

El ropero picó. Los discursos sin comas son infalibles. Entramos. El vecino no dejó de dar voces de alarma hasta que acudieron otros dos guardaespaldas todavía con los ojos legañosos, y un par de mucamas.

—¡El escape viene de la casa y es peor de lo que pensamos! —gritó el vecino siguiendo los dictados de un amperímetro que hacía funcionar como un contador Geiger.

Entramos al *bungalow* a la carrera y, cuando vimos que los tres matones y las mucamas también estaban dentro, sacamos las herramientas. El tuerto manejaba una cuarenta y cinco negra, el vecino un treinta y ocho de cañón recortado y yo me sentí bastante seguro con la Browning nueve milímetros largo.

—Esta bola de cabrones y las chamacas le pertenecen, vecino. Nosotros vamos a ver al viejo —indicó el tuerto y nos lanzamos a patear puertas.

Wolfgang Obermeier, alias Ernesto Schmidt, alias César Braun, en todo caso, ex comandante de las SS hitlerianas estaba sentado en la cama y comiendo una toronja a cucharadas.

El tuerto permaneció en la puerta del dormitorio repartiendo su único ojo entre el pasillo y la habitación. Salté a la cama del viejo nazi y le cambié la cuchara por el cañón de la pistola. Obermeier empezó a temblar con ojos desorbitados. Babeaba el cañón de la Browning sin el menor respeto por la industria belga.

—Escucha bien, viejo cerdo. Vas a ver la foto de un hombre que tiene muchas ganas de saber tu dirección.

Saqué del bolsillo la fotografía de un hombre vestido con uniforme del ejército israelí, que enseñaba unos números tatuados a fuego en un brazo. El viejo nazi miró la foto y, tal como dijera Salem, estuvo a punto de cagarse. Babeando farfulló unas palabras incomprensibles.

—Quítele el cañón de la boca. ¿No ve que el cabrón quiere hablar? —aconsejó el detective tuerto desde la puerta.

Antes de sacar el cañón de su boca lo tomé del escaso pelo. El viejo nazi temblaba como un perro.

—¿Quiénes son ustedes? ¿Qué quieren?

—Hijos del desierto. Pero nos gustan los chicos del Mosad.

—Mi familia..., mi familia... —balbuceó.

—Tu familia me importa un huevo. Para las orejas: vas a llamar de inmediato a tu agente en Luxemburgo. Lo vas a despertar, pero así es la vida.

Obermeier se dejó arrastrar hasta el escritorio.

—Parlante abierto. Yo también quiero escuchar. Y ojo con lo que dices, que hablar alemán es una de mis virtudes.

Sudando marcó el mismo número luxemburgués que Salem me entregara en Rabat. Pasaron algunos segundos hasta que se escuchó una voz somnolienta respondiendo en alemán.

—*Ja? Hallo?*

—Soy yo..., Braun.

—¡Herr Braun! ¿Ocurre algo?

Le metí el cañón en la oreja libre.

—Dile que se asome a la ventana que da a la Marienplatz. Abajo verá a un ciclista reparando su bicicleta. Que lo llame y le abra la puerta.

Obermeier obedeció. El del otro lado empezó a hacer preguntas, pero el cañón de la pistola aplastando una oreja del viejo nazi le hizo recuperar la voz de mando y exigió obediencia.

Tres minutos más tarde el luxemburgués informó que el ciclista estaba arriba. Hablé con él en español.

—Saludos de México.

—Saludos del oasis —respondió.

Le devolví el teléfono a Obermeier.

—Dile que haga una orden de pago por cuatrocientos mil dólares.

—Pero sólo recibí la mitad —farfulló.

—¿Y los intereses? —dijo el detective tuerto desde la puerta.

Con varios milímetros de cañón metidos en la oreja dio la orden al luxemburgués. Pasados unos minutos hablé de nuevo con el tuareg.

—¿Tienes el pastel?

—Chorreante de crema. Salgo a degustar.

—Ahora, cabrón, dile a tu socio que lo acompañe hasta la puerta, que espere hasta que se haya marchado y que regrese al teléfono.

A los cinco minutos el luxemburgués estaba nuevamente al aparato. No cesaba de preguntar qué más debía hacer.

—Dile que tome un libro. Cualquiera.

El luxemburgués dijo que tenía *La montaña mágica* sobre la mesa.

Eran las ocho de la mañana cuando el luxemburgués empezó a leer la obra de Thomas Mann por teléfono. El detective tuerto fue hasta el cuarto donde el Vecino custodiaba a los tres matones y a las dos mucamas y regresó con ellos. Era una bonita tertulia que se prolongó hasta la una de la tarde pese a que el luxemburgués leía pésimamente. A la una y cinco ordené a Obermeier que colgara y llamé a Rabat. Se notaba a Salem eufórico.

—Cobrado. Si alguna vez caes por acá lo celebraremos.

—Prometido, hijo del desierto.

Antes de salir hicimos un buen paquete con los matones y a las mucamas las dejamos en un cuarto de aseo. Obermeier temblaba de miedo, bronca e impotencia. Se atrevió a lanzar una pregunta mientras lo atábamos a una silla.

—¿Me entregarán a los judíos?

—Nosotros jugamos limpio. Yo te volaría los sesos, pero con eso nos echaríamos encima a la pasma. Y no te entregamos a los judíos por una sola razón: porque vas a negociar con ellos todo lo que sabes de los palestinos.

Salimos del *bungalow* y montamos en la camioneta. El Vecino opinó que no estaba mal la cosecha de cuarenta y cincos. El detective tuerto manifestó su preocupación por la cuenta de teléfono que le dejamos al viejo nazi.

Sí. Aquel tuerto era el único detective privado que conocía, y pensé qué bueno sería tenerlo a mi lado en Chile.

El cansancio me venció apenas despegamos de Buenos Aires, y juraba que recién me disponía a dormir esa última placentera hora de vuelo cuando sentí que alguien me metía un codazo en las costillas. Abrí los ojos y me enfrenté al gordito que me tocó por compañero de asiento.

—¿Qué pasa? —pregunté sin saber si estaba despierto.

—¡Mire! ¡Mire! —respondió el gordito tratando de perforar la ventanilla con un dedo.

—¿Qué? —dije medio pensando en un motor en llamas.

—La cordillera de Los Andes. ¡Estamos en Chile!

Gordo de mierda. Me quitó el sueño. Dejé el asiento y caminé como un pelícano hasta el lavabo. Ahí me miré en el espejo. Carajo, Belmonte.

Cuando saliste de Chile no tenías ni una cana, y ahora te ves con la cabeza dividida en dos colores, como si una parte fuera un negativo mal conservado de lo que fuiste, y la otra una copia aún peor de lo que eres.

Santiago de Chile: un cascanueces sajón

El cascanueces de madera miraba la sala desde la parte más alta de una estantería. En su desmesurada boca abierta enseñaba dos hileras de dientes parejos y blancos. Los dientes superiores estaban pintados bajo un grueso labio púrpura, y los de abajo tallados en un extremo de la palanca que hacía de maxilar inferior. La palanca le cruzaba el cuerpo, salía por la espalda como una floja joroba colgante, y bastaba con moverla hacia arriba para que el maxilar bajara abriéndole la boca hasta la mitad del pecho. Otro movimiento de la palanca, esta vez hacia abajo, le cerraba la boca y la poderosa quijada destrozaba la nuez o lo que tuviera adentro.

Medía unos cuarenta centímetros de alto y representaba a un farolero sajón, altivo y disciplinado, de esos que existieron hasta que los bombarderos aliados sepultaron Dresden en 1945. En la cabezota hidrocefálica llevaba una chistera negra, y en el cuerpo le habían pintado un gabán azul, con botones, charreteras y bocamangas doradas. Unos pantalones blancos con ribetes azules y botas de montar negras completaban su indumentaria. En la mano derecha sostenía una larga vara con la punta plateada y en la izquierda un farolillo sexagonal. De las cortas alas de la chistera sobresalían mechones de crin de caballo, y un mostacho puntiagudo al estilo kaiser, pintado bajo la prominente nariz, terminaba la personificación del monigote. Se veía inútil y atónito. Como cualquier exiliado.

—El Bocazas se vino conmigo —dijo Javier Moreira indicando el cascanueces.

Moreira era un cuarentón de cabellera tan escasa como las razones que lo obligaban a asumir una identidad postiza, a sabiendas de que el otro conocía sus datos al dedillo. Pero así lo dictaban las reglas de una dramaturgia persistente como la sarna, y cuya observancia irrestricta tenía categoría de consecuencia. No se llamaba Javier Moreira, y el hombre sentado al otro lado de la mesa tampoco se llamaba Werner Schroeders. La vida insistía en mostrarse como lo que era: una farsa.

—Es una pieza de museo. Pero ya empezaron a fabricarlos en Hong Kong —comentó Schroeders.

—Así que todo se fue a la mierda.

—Algunos opinan lo contrario. Dicen que todo era una mierda, de tal manera que no precisó moverse de donde estaba.

—El hijo de puta de Gorbachov. Fueron demasiado blandos. Todos fuimos demasiado blandos. ¿No lo crees?

—Yo soy un tipo disciplinado. No pienso, no opino, no creo ni digo nada. Cumplo órdenes.

Moreira fue hasta el mueble de cocina y empezó a exprimir limones para hacer unas rondas de piscosour. Quería descubrir alguna señal de optimismo en las palabras del alemán. Si un individuo, un «cuadro» como él, llegaba a Chile cumpliendo órdenes, quería decir que todavía había quienes las daban, y que tal vez aún no se libraba la última batalla. Pero los acontecimientos se habían sucedido con tal vertiginosa rapidez que la realidad pesaba como una lápida y no dejaba pasar ningún rayo de luz esperanzadora.

—Werner, ¿contabas con encontrarme?

—Corrí el riesgo, y me alegra comprobar que no me equivoqué.

Moreira se mordió los labios. Esperaba un: «Sí, naturalmente, compañero». Había regresado a Chile en 1986, en las peores condiciones, cuando su partido se deshacía, y su única acción consistió en alquilar una casilla en un correo de barrio y hacer dos copias de la llave. Una la envió a Cuba, y la otra a la RDA. Durante casi cuatro años acudió cada lunes y cada jueves, disciplinadamente, a revisar la pequeña urna empotrada en una pared de ladrillos, enfrentándose siempre al vacío de los derrotados, de los náufragos olvidados en islas sin nombre, hasta que una tarde, y de eso hacía exactamente siete días, la presencia de un sobre remitido desde Berlín le provocó taquicardia.

En él encontró un aviso recortado de un periódico alemán: «¿Ratones? Déjenos su dirección y en siete días lo libramos de la plaga». El mensaje era breve, pero para Moreira contenía más información que una enciclopedia.

—Me alegra verte, Werner.

—Eso lo sabré luego de probar lo que haces.

Moreira sirvió dos copas.

—¿Brindamos por algo? ¿Por los viejos tiempos?

—Sigues siendo un romántico, Moreira. Te recuerdo como a uno de los pocos que se emocionaban al brindar por la hermandad de los pueblos.

—En Rostock. Con champaña de Crimea.

—O con ron. Nos pegamos unas buenas juergas con el agregado militar cubano.

—Por los viejos tiempos y los nobles camaradas.

—No tienes remedio, Moreira. Salud.

Los dos hombres se conocieron en Cottbus a comienzos de los ochenta. Por aquel tiempo existía un gran malestar en el Ministerio del Interior de la RDA, pues se estaban filtrando a Occidente los nombres de numerosos chivatos al servicio de la Stasi y todo indicaba que la válvula de escape era de fabricación latinoamericana.

Werner Schroeders era oficial de inteligencia, y con ese nombre lo conocían en el Departamento Latinoamericano del ministerio. En él recayó la misión de encontrar un veneno que eliminara el gusano en el corazón mismo de la manzana.

El acta confidencial de Javier Moreira hablaba de él como de un comunista a toda prueba. Destacado militante de las Juventudes Comunistas. Servicio militar en la infantería de Marina. Poco antes del golpe militar de 1973 fue integrante del aparato de seguridad del Partido. Hasta 1975 estuvo en la clandestinidad a cargo de la seguridad del Comité Central en el interior. Entre 1977 y 1979 recibió instrucción militar en Bulgaria y Cuba. A finales de 1979 se trasladó a Nicaragua como uno de los encargados de las operaciones de depuración ideológica. Su misión consistió en anular a los elementos trotskistas, anarquistas y guevaristas que ingresaron a Nicaragua con la Brigada Internacional Simón Bolívar.

—¿Con quién vives? —preguntó Schroeders.

—¿A qué viene la pregunta?

—El piso tiene tres cuartos. Mucho para un hombre solo.

—Ojos en la nuca. Vivo solo. Al volver de Chile me casé, pero duró poco. Mi ex se largó con sus cosas y el canario. Puedes contar con la casa.

—A mí me pasó lo mismo. Está bueno esto. Repite la ronda.

Werner Schroeders lo vio exprimir más limones y descubrió que en los movimientos de Moreira había una derrota demasiado palpable, casi obscena. Estaba muy lejos de ser el hombre seguro que en 1981, en un vetusto edificio de Berlín oriental, escuchó durante horas sin mover un músculo el informe de situación que le leyera, y que luego de recibir el atado de documentación falsa se despidió haciendo chocar los talones.

Moreira se reveló entonces como un hombre eficaz, como un «cuadro altamente confiable». Con la diligencia de una hormiga se movió por Frankfurt, Munich, Hamburgo, Berlín, Leipzig. Asistió a innumerables fiestas latinas. A misas católicas y protestantes. Escuchó cientos de discos de Mercedes Sosa, Joan Baez, Inti Illimani, Pet Segers, Quilapayún, Viglietti. Marchó protestando por Bolivia, por Chile, por Sudáfrica, por Nicaragua, por El Salvador, por todos los países sumidos en conflictos de clase. Se dejó apalear en sentadas frente a centrales nucleares e industrias contaminantes. Bailó con sujetos vestidos de gitanas en festivales gay. Fumó marihuana cultivada en balcones y hachís comprado en Amsterdam. Fornicó en sacos de dormir, en camastros burgueses y al aire libre. Hizo en definitiva la vida normal del exilio latinoamericano. A los seis meses dio con la entrada del laberinto y regresó a Berlín con un retrato robot del minotauro.

En la RDA la Stasi golpeó con ganas. Los implicados alemanes fueron a dar al banquillo de los colaboradores con el enemigo de clase, les confiscaron los bienes y recibieron largas condenas en cárceles que poco o nada tenían que envidiarle a las mazmorras de Pinochet o de Videla. Los latinos que no alcanzaron a escapar fueron expulsados a sus países de origen, para felicidad de muchos dictadores de todos los pelajes, y Moreira recibió la orden de regresar a Frankfurt a cerrar el caso.

El cerebro del correo era un uruguayo, un militante con muchos años de circo entre los tupamaros. El oriental vio desmoronarse la red y se puso a hilar fino hasta que dio con la identidad del topo. Entonces hizo un análisis bastante objetivo de la situación: la represión proletaria no iba a estirar la mano hasta Frankfurt para raptarlo. No. No eran tontos los hijos de papá Stalin. Lo entregarían a la policía política de Alemania Occidental. Sabía demasiado acerca del movimiento contestatario de la RFA. Los alemanes occidentales le permitirían elegir entre servir como chivato o viajar al Uruguay a pudrirse en un penal de nombre paradójico, Libertad. Fue un análisis acertado. Como también lo fue pensar que tenía una carta de triunfo en las manos: conocía la verdadera identidad de Moreira. Los comunistas chilenos y los alemanes orientales no querrían ver «quemado» a un hombre en el que habían invertido dinero, confianza y tiempo. Vio una posibilidad de negociar con Moreira y se anticipó citándolo a conversar en un lugar abierto. Su propuesta era simple y directa: no destapar ni la acción desbaratadora ni la identidad de Moreira a cambio de un par de semanas de tranquilidad, tiempo suficiente para trasladarse a algún país escandinavo del que se comprometía a no salir jamás. Pensando en todo eso vio aparecer a Moreira por una de las entradas de la estación Konstablerwache. Lo que no vio ni previó fue al militante del Partido de los Trabajadores del Kurdistán que lo empujó hacia las vías del metro.

—Háblame de ti, Moreira. ¿Qué haces?

—Vegeto. Leo, cago, duermo, y vuelta a lo mismo. Perdí.

—El Partido tenía bienes.

—El Partido. Tú conociste a quien manejaba nuestras finanzas en Berlín. Un cuadro. Un gran compañero con estudios en la URSS y en la RDA. Ahora tiene una empresa de transportes, y la única vez que lo visité para pedirle apoyo me rezó el rosario de la economía de mercado: «No pueden crearse puestos de trabajo fantasmas, compañero. Entiendo su situación, pero yo no soy Cáritas, compañero. Estábamos equivocados, compañero. Así que, muy fraternalmente, compañero, cáguese de hambre y salga de mi oficina antes de que llame a la policía». El Partido. ¿Quieres saber en qué trabajo? Soy mayordomo, bonita palabra, pero no mayordomo de un Lord. Soy mayordomo de un parvulario. Cada mañana debo limpiar, encender la estufa, revisar los columpios para que ningún crío se desnuque, pulir el tobogán, reparar mesas y sillas enanas, colgar cortinas, juntar chupetes y tijeritas olvidadas, y por las tardes reunir los pañales enmierdados. El Partido. Estuve dos años viviendo del poco dinero que traje de la RDA y más tarde de lo que ganaba mi ex mujer. Pagar la casilla postal, mi contacto con la causa, con los hombres como tú, Werner, a veces me significó pasar semanas a pan y agua. El Partido. Algunos que fueron dirigentes están bien colocados, son individuos prósperos. Una vez visité a uno para pedirle trabajo y ¿sabes qué me preguntó?: «¿Cuáles son tus estudios, compañero?». Mis estudios. Geopolítica, materialismo histórico y dialéctico, conducción psicológica de la guerra, técnicas de sabotaje, contrainteligencia, la teoría de Von Clausewitz, la de Ho Chi Minh, historia de la resistencia argelina, tae kwon do. Paja. Ni siquiera sirvo para ser basurero. El Partido. No existe. Todo fue una farsa, una miserable estafa. Cuando los rusos nos quitaron la teta en el ochenta y cinco se derrumbó todo y vino el sálvese quien pueda. Y para los actuales dirigentes los tipos como yo somos unos miserables aventureros, los responsables de la gran desgracia, los culpables del debacle. El Partido. Salud.

—Feo discurso, Moreira. Jamás pensé que se les derrumbaría el castillo de esa manera. Después de los rusos, los chinos y los italianos, ustedes tenían el cuarto partido comunista mejor organizado del planeta.

—Todo fue una estafa. ¿Preparo otra ronda?

—No. ¿Lo tienes?

145

—El matarratas. Sí.

Moreira fue hasta el cuarto de baño. Al retirar los pernos que fijaban el espejo a la muralla se vio retratado y sintió vergüenza. Se había mostrado como un sujeto desesperado, a punto de perder el control, ¿y para qué puede servir un hombre en semejante estado? Era pura escoria. Quitó el espejo y con la ayuda de una pinza movió el ladrillo que tapaba la boca del barretín.

Antes de volver a la sala se enjuagó la cara. Al poner sobre la mesa el bulto envuelto en una toalla respiró confiado. No estaba tan al fin del camino. Ahí tenía la prueba.

Werner desenvolvió el bulto.

—¿Crees que podría volver a Berlín?

—Colt nueve milímetros largo. Es una excelente pistola. Y este tubo, ¿qué diablos es?

—Tecnología criolla. Un silenciador. Empezamos a fabricarlos antes del setenta y tres. Es algo muy simple; un tubo de acero al que por dentro se le soldan cojinetes formando una espiral en sentido contrario a las estrías del cañón. Amortigua un ochenta por ciento del estampido. Se acopla por fuera del cañón y, aunque queda fijo, conviene sujetarlo con una mano para que el retroceso no lo desvíe.

—Admirable. ¿De veras funciona?

—Nunca te fallé. Werner. Respóndeme.

—Berlín. Ni lo pienses. ¿Ignoras la caza de brujas que se desató? No faltaría alguien que te reco-

146

nociera, y por el momento cualquier delación confirma el pedigrí democrático del delator.

—Pero hay compañeros que podrían echarme una mano.

—Olvídalos. Se delatan unos a otros. Es una forma de sobrevivir, y debes saber que los alemanes somos campeones en eso. Al finalizar la segunda guerra cada vecino vendió al otro por una barra de chocolate o cigarrillos. Ahora lo hacemos por vídeos, autos, vacaciones en Torremolinos, trabajo.

—No lo puedo creer. Eran miles, cientos de miles los compañeros. Yo los vi desfilar con los puños en alto, las antorchas, las camisas azules de la FDJ. Yo estuve allí. El anticomunismo no puede haberse impuesto tan fácilmente.

—Eso no existe. El comunismo no existe, de tal manera que nadie puede ser anticomunista. Ahora todos somos anti RDA. ¿No lo entiendes? Todo lo que hicimos como RDA fue malo, perverso, podrido, avergonzante. Durante cuarenta años nos alimentamos de basura, nos vestimos con harapos, follamos con gonorreicas y tuvimos hijos cretinos. Pero eso se acabó, y ahora, a cambio de una delación sincera, Occidente nos perdona, nos redime, nos mete en un útero climatizado, nuestros cordones umbilicales se conectan a una lata de Coca-Cola, y enseguida nos expulsa por la vagina de doña Mercedes Benz. Aleluya, Moreira. Hemos nacido de nuevo.

—No hablas en serio, Werner. ¿Me crees un imbécil? Me estás provocando, me estás probando. No soy tonto. Estás aquí por algo, Werner. Por algo has conservado la llave de la casilla. Vienes a cumplir una misión y me necesitas. Como en los viejos tiempos.

—Correcto. ¿La revisaste?

—Funciona perfectamente. Todavía me consideran, ¿verdad?

—Eres nuestro hombre al otro lado del Atlántico. Véndame los ojos. Como en los viejos tiempos.

Moreira obedeció, y para asegurarse de que el pañuelo estaba bien puesto hizo el amago de darle un puñetazo deteniendo la mano a escasos centímetros del rostro vendado. El alemán no reaccionó.

—Desármala, Moreira.

Con movimientos precisos, Moreira quitó el cargador, soltó los pasadores de seguridad, ahuecó una mano para recibir el resorte recuperador, desacopló el cañón del ánima, y en pocos segundos la pistola se convirtió en un rompecabezas de piezas diseminadas.

—Listo, Werner. Empieza.

—Toma el tiempo, Moreira.

Las manos del alemán se movieron como dos autómatas, rápidas, precisas. Cada dedo asumió la tarea de sostener o empujar una pieza, y no se detuvieron hasta que la pistola recuperó su forma definitiva y mortal con una bala en la recámara.

—Tiempo.

—Un minuto y cinco segundos. No está mal, Werner.

—Envejezco. Siempre lo conseguí en menos de un minuto. Veamos qué tal lo haces tú.

—Tienen que darme una *chance*. La inactividad me está volviendo loco. Nunca les fallé. Lo sabes, Werner.

El alemán le vendó la vista, también se aseguró de la temporal ceguera y lo miró detenidamente.

—Un cuadro militar se sobrepone a cualquier situación. Eso de volverse loco no suena consecuente, Moreira.

—Lo sé. Y por eso tengo miedo.

—Tengo algo para ti, Moreira. Harás un largo viaje. No. No te quites el pañuelo de los ojos. Quiero comprobar que estás en forma.

—Lo sabía. Apenas vi tu nota supe que no me dejarían tirado. Revuelve bien las piezas. Siempre fui el mejor en este juego.

Pero Frank Galinsky no desarmó la pistola. Acopló el silenciador de fabricación criolla y apuntó a la cabeza del hombre con la vista vendada.

Moreira recibió el tiro entre los ojos y se fue de espaldas con silla y todo. En el suelo, alcanzó a quitarse el pañuelo que le cubría los ojos, mas desde esa perspectiva humillante no pudo ver al alemán sentado al otro lado de la mesa. Lo último que vio fue la mueca cínica del cascanueces sajón.

3
Tierra del Fuego: intimidades

El viejo se quitó la parte superior del grasiento mameluco azul y se sentó en la cama para que Griselda le sacara la parte de abajo. Enseguida se tendió mirando al techo de calaminas nuevas que reflejaban los destellos de la lámpara en sus ondulaciones. La mujer le preguntó si quería ponerse el camisón de dormir y el viejo le respondió que prefería quedarse así, vestido con los calzoncillos largos y la camiseta de franela, prendas que a fuerza de sudadas iban tomando la misma coloración cenicienta de su pellejo. De espaldas sobre la cama, suspiró y luego dejó que escapara de su garganta un murmullo indescifrable, propio de un hombre al que los años empiezan a confundirle los dolores y las dichas.

—¿Se siente mal, don Franz? —preguntó la mujer.

—Cansado no más. ¿Y qué le importa, vieja intrusa?

—Eso le pasa por terco. Mire que ponerse a cambiar el techo al final del verano y sin permitir que le ayuden. Todavía no entiendo por qué lo hizo. El otro techo, el de coirones, era mucho mejor. Se va a helar con las calaminas.

—Pamplinas. Pronto cae la nieve y entonces todo muy caliente. Los esquimales viven en casas de hielo. ¿Sabe qué son los esquimales? Qué va a saber, vieja tonta.

—Usted es un loco, como todos los gringos. Y tápese, que se le ven las partes.

—Si tú no cose botones se sale la pija. No es mi culpa. Y si la pija molesta, mira otra cosa, vieja peluda. ¿Qué hizo de comida?

—Sopa de pollo. Ya sabe que no debe comer cosas pesadas por las tardes. Se lo dijo el doctor Aguirre.

—Macanas. Sopas tontas. ¿Qué sabe ese veterinario? Quiero mascar, ¿comprende? Ahí fuera hay un costillar de... ¿cómo se llama la oveja cornuda que traiga Jacinto?

—Cabrito, don Franz. Cabrito. Jacinto trajo un costillar de cabrito. Es increíble que después de tantos años aquí todavía no aprenda a hablar como un cristiano.

—Yo hablo castilla mejor que tú, vieja patuda. Haga un asado y ponga música. Mucha música.

—Como quiera. Le asaré un pedazo de «oveja cornuda», pero no reclame si más tarde le duelen los bofes.

Desde la cama, el viejo Franz vio a Griselda quitar el paño bordado que cubría la victrola. La mujer levantó la tapa de madera, giró la manive-

151

la del magneto, de un armario sacó un lote de discos de carbón, y escogió el favorito del viejo. El brazo con la aguja cayó sobre los surcos, y la estancia se llenó primero con el ruido de diminutos y voraces dientes roedores empeñados en abrir un agujero en el tiempo y que al conseguirlo dejaron que por él se filtrara una voz varonil, entre melancólica y desganada, cantando una canción más invitadora a marchar que a perderse entre las vueltas de un baile de salón. Griselda no entendía ni una palabra de lo que aquel hombre cantaba, pero sentía que esa voz quebrada debía de despertar grandes pasiones en la inimaginable patria del viejo. Cada vez que la escuchaba, concluía en que ésa era la voz de los navegantes cuando estaban en altamar.

La mujer avivó el fogón. Con una pala de mango corto separó dos montoncitos de brasas y las puso debajo de la parrilla. Enseguida salió a la limpia noche otoñal, como siempre, se santiguó bajo los miles de estrellas que guardan las almas de los náufragos y cortó una generosa porción del costillar de cabrito que se oreaba colgado de un alambre. Regresó a la vivienda, tiró la carne a la parrilla y la condimentó con sal de piedra y palitos secos de romero. Desde la cama el viejo le gritó que tostara bien las grasas, que le sirviera un vaso de vino y que diera vuelta el disco.

Griselda terminó de asar la carne y al volverse hacia el viejo lo vio con los ojos cerrados, con una expresión de serena complacencia que nunca antes le viera.

—Está listo el asado. Venga a la mesa.

—Traiga. Voy a comer en la cama.

—Va a ensuciar las sábanas, don Franz.

—No se meta con mi cama y yo no se mete entre tus piernas. ¿O sí, vieja caliente?

—No se ponga grosero, don Franz. O me voy ahora mismo.

—Son bromas, vieja burra. Ya no troto. La pobre pija sólo sirve meando y a veces le cuesta. Sirva asado y toma vino conmigo, vieja clueca.

El viejo comió con apetito envidiable. Una tras otra devoró las doradas costillas y, pese a las miradas reprobatorias de Griselda, se limpió los engrasados dedos en la sábana. Bebió tres vasos de vino, y se mostraba algo achispado al ordenar a la mujer que le sirviera otro y girara una vez más el disco.

Griselda obedeció. Giró la manivela del magneto, le dio vuelta el disco, echó un par de leños a la chimenea y al regresar frente al viejo lo encontró tarareando el estribillo de la canción.

—*Auf die Repperbahn nachts um halb eins...* ¿Sabes quién canta, vieja patagona?

—Cómo voy a saberlo, don Franz.

—Hans Albers. Era como Carlitos Gardel. Las mujeres se meaban por él.

—¿Y de qué habla la canción, don Franz?

—De una calle de Hamburgo con más putas que ovejas aquí. Linda calle. Muy linda calle.

—Usted está bien raro, don Franz. Y cochino. Será mejor que no tome más vino.

—Son bromas, vieja bigotuda. Toma vino también. Tenemos que hablar, pero antes repita qué dijo tu hijo.

—¿Otra vez? Se lo he dicho veinte veces.

—No importa. Repita, vieja lora.

Griselda se alisó el delantal. Bebió un sorbo de vino y una vez más le refirió que al correo de Punta Arenas, donde trabajaba su hijo, había llegado un extranjero consultando por la localización del Puesto Postal número cinco de la Tierra del Fuego. Y el extranjero había preguntado por un tal Hillaman, o Halmann, de eso no estaba segura.

—Hillermann, vieja sorda. Hillermann.

—Puede ser. Los de por acá tenemos nombres de cristianos. ¿Por qué se preocupa tanto? El afuerino no mencionó su nombre. Mi hijo le contestó que conoce a muchos gringos, pero a ninguno que se llame así.

—El disco, vieja malaspulgas.

Griselda obedeció una vez más. De la mesa de la victrola fue hasta la chimenea para poner la tetera sobre las brasas. Mientras cambiaba la yerba mate sacudiendo la calabaza se volvió hacia la cama. El viejo estaba nuevamente de espaldas, contemplando las brillantes calaminas del techo.

«Son raros estos gringos», pensó Griselda, «mire que ponerle techo de establo a la casa.» El viejo le enseñó el vaso vacío.

—Griselda, ¿hace frío afuera?

—Empieza. El estrecho se puso azul oscuro y hoy vi dos avutardas volando para el norte.

—¿Cuántos años me conoce, vieja tonta?

—¿Veinte? ¿Más? Acababa de enviudar cuando usted llegó a reparar las máquinas del aserradero. Unos veinte años, más o menos.

—Escucha, vieja burra, y no me discuta: si un día yo muero, todo esto, casa, ovejas, parcela, es tuyo. El notario de Porvenir sabe. El doctor Aguirre también. Todo tuyo, así que no te dejas robar, vieja boluda. El caballo es de tu hijo. Tú no das paja al pobre matungo. Contigo muere de hambre. Tú das pura sopa. ¿Entiende?

—No diga esas cosas, don Franz. Trae mala suerte que el guanaco reparta el pellejo antes que lo agarre el cóndor.

—No discuta. Todo tuyo. Pero yo pone una condición: nunca debes vender ni botar la casa. Tampoco cambiar techo. La casa es mi monumento. Cuando mueras, la dejas a tu hijo. El sabrá qué hace.

—Usted me asusta, don Franz. Espero que no tenga secretos sucios, que no sea como don Walter Rauff, el caballero ese de Punta Arenas. Vinieron muchos tratando de llevárselo a la fuerza. Dicen que eran judíos y que venían en submarinos. Hasta muertos hubo de por medio.

—Pero no lo agarraron. Mala cosa.

El viejo ordenó a la mujer que le diera vuelta

una vez más el disco. Recostado, encendió la pipa y sonrió al descubrir el sabor picante mezclado con el aromático tabaco danés. Allí estaba la mano protectora de Griselda, quien a hurtadillas le colaba pizcas de boñigas de caballo en la lata. Como todos los patagones y los fueguinos, Griselda atribuía grandes virtudes antirreumáticas a las boñigas de equino, y si no se las metía en el tabaco lo hacía en la yerba mate.

Fumando, el viejo miró detenidamente los objetos que lo acompañaban desde hacía más de veinte años. La mayoría de ellos, como la casa misma, provenían de su ingenio y de sus manos hábiles. La casa era una amplia nave construida con los restos de un velero yanqui que había naufragado en los arrecifes de Cabo Cameron. Buenas y nobles maderas de Oregon que servían de paredes con las junturas convenientemente calafateadas, y las tablas de la cubierta, pulidas por las olas de todos los mares, hacían de cálido suelo. La vivienda medía unos setenta metros cuadrados. La puerta principal estaba orientada al suroeste, mirando hacia Bahía Inútil, y la trasera al noreste, con vista a los Altos del Boquerón. Un muro divisorio levantado con los paneles del infortunado velero separaba la bodega de la vivienda y, en ella, una chimenea de piedra laja tan alta como un caballo hablaba de plácidos inviernos mientras afuera la nieve lo cubre todo. En la parte posterior, un sendero de tablones bordeado de manzanos conducía hasta el retrete. Era una de las mejores casas de la región, alhajada ahora con un techo nuevo de relucientes calaminas. El viejo esbozó una sonrisa al sentir que empezaba a despedirse de ella sin el menor asomo de dolor.

—Pueden venir, cabrones. Estarán muy cerca de lo que buscan, pero no conseguirán encontrarlo porque ustedes no saben más que mirar en las cloacas —murmuró en su antiguo idioma y observó a la mujer dando cabezadas en la silla.

—Griselda.

No respondió. Dormía sentada con las manos enlazadas sobre el regazo. Sí. La conoció hacía veinte o más años. Recordó aquel tiempo cuando, hastiado de vivir como un cormorán viejo en el cabo sur de la Isla Navarino, decidió que ya se había ocultado demasiado tiempo, que la pesada fortuna guardada en una caja de latón empezaba a no ser más que una molesta ironía del destino, y se trasladó a la Tierra del Fuego para ejercer de mecánico en el aserradero de Lago Vergara.

Nadie hacía ni hace preguntas en la Tierra del Fuego. Todo afuerino que llega hasta esos confines lo hace escapando de otros, de algo, o de sí mismo. El pasado no existe en esas latitudes.

Vivió un par de años en el aserradero, entre hombres nobles y fugitivos de la ley, hasta que un día, recorriendo Bahía Inútil, descubrió los restos del velero, y la recia textura de aquellas maderas le indicó que era hora de levantar una casa.

Alguien le dijo entonces que la soledad era mal vista y le mencionó a Griselda, la viuda de Abel Echeverría, un buzo marisquero que cierta aciaga mañana descendió a los bancos de cholgas del fiordo Almirantazgo y volvió a salir a la superficie tres meses más tarde, envuelto en media tonelada de hielo y treinta millas más al sur. Allí lo encontró Nilssen, un viejo que vive vagabundeando por los mares australes en un cúter ya legendario, el *Finisterre*. Nilssen y su socio, un gigantesco alacalufe al que llaman Pedro Chico, lo remolcaron de regreso a Puerto Nuevo y, como era invierno, lo sepultaron en el mismo ataúd de hielo en el que lo encontraron.

Al viejo Franz le llevó sus buenos años romper la resistencia de la viuda y, cuando por fin en una corta noche de verano consiguió ser aceptado entre sus sábanas, los dos descubrieron que sus vidas estaban demasiado impregnadas de recuerdos que obligan al silencio y que lo único que podían hacer juntos era tratar de construir recuerdos nuevos, limpios de la infección de la distancia y que, cuando se consiguen, ofrecen el más cálido de los amparos. Como eso toma tiempo, se decidieron por una relación entre gringo solo y ama de casa puertas afuera, que la mujer legitimaba tratándolo invariablemente de usted.

—¡Griselda, vieja foca!

—Sí, don Franz..., disculpe. Parece que me dormí.

—Qué macana. Me vea la pija y quiere meterse en mi cama.

—Usted está intratable, don Franz. Será mejor que me vaya. Mañana le cambio la ropa de cama, mire cómo la dejó de grasa.

—¿Hace frío afuera?

—Sí. Ya le dije que el estrecho cambió de color. Cualquier noche nos cae la primera helada.

—Pobres pajarracos.

—¿Pajarracos? ¿Qué pajarracos?

—Los chimangos. Cuando fui al camino vi volar a dos y, al cambiar el techo, volví a ver a varios. Deben de pasar frío allá arriba.

—Le dejo la tetera puesta y el mate cebado.

Antes de salir, la mujer se echó encima un grueso poncho y se cubrió la cabeza con un gorro de lana. Le dio las buenas noches tirando un par de leños a la chimenea y cerró la puerta tras sus pasos.

El viejo escuchó el alegre ladrido del perro de Griselda. Bajó de la cama, se acercó a la ventana deseando verla alejarse montada en la dócil yegua tordilla, pero el vidrio sólo le ofreció el reflejo de su propia imagen cansada.

Hans Hillermann se sirvió otro vaso de vino. Se echó una campera sobre los hombros, arrastró una silla y se sentó frente a la chimenea. De un bolsillo de la campera sacó la carta que recibiera siete días atrás. La leyó por última vez y la arrojó a las llamas.

—Llegaron, Ulrich. Gracias por el aviso. No sé cuántos son, pero llegaron. Salud. Qué pena que no alcanzaras a probar el vino chileno, Ulrich. Es grueso y oscuro como la noche alemana. Salud, camarada. Te esperé cuarenta y tantos años. Pude fundir esa mierda brillante y venderla al peso, pero te esperé confiado en que alguna condenada mañana aparecerías. Qué bello hubiera sido sentarnos con una botella de vino frente al Estrecho de Magallanes y charlar mientras arrojábamos al mar nuestra fortuna inútil. Fue un bonito sueño, Ulrich, muy bonito, mas está visto que el gato puede robarle un bife al carnicero, pero jamás la vaca entera. Salud, Ulrich. Los voy a joder en tu nombre.

Hans Hillermann se levantó, fue hasta el anaquel donde guardaba los vinos y el tabaco, tomó la escopeta de dos cañones y un par de cartuchos. Enseguida caminó hasta la mesa de la victrola, giró el magneto y dispuso la aguja sobre los surcos del disco.

—*Auf die Repperbahn nachts um halb eins...* —canturreó y no dijo nada más, porque en ese preciso momento su pulgar derecho aplastaba los dos gatillos. Hans Albers siguió cantando solo, y unas gotas de sangre salpicaron las relucientes calaminas.

4
Santiago de Chile: vueltas de la vida

A las nueve de la mañana el sol pegaba fuerte sobre el aeropuerto de Santiago. Vaya. Estaba pisando suelo chileno luego de dieciséis años por el mundo. ¿Por qué no saliste conmigo, Verónica? ¿Por qué ninguna bruja nos vendió el bálsamo para ver el futuro? ¿Por qué la fiebre de aquello tan inexplicable y que llamábamos consecuencia se interpuso entre el amor y nos dejó en frentes diferentes? ¿Por qué fui tan imbécil? ¿Por qué?

—Belmonte, Juan Belmonte —dijo el agente de Interpol examinando el pasaporte.

—Sí. Ese es mi nombre. ¿Pasa algo?

—Nada. Estamos en democracia. No pasa nada.

—¿Entonces?

—Es que se llama igual que un famoso torero, ¿lo sabía?

—No. Es la primera vez que me lo dicen.

—Hay que leer. Belmonte fue un gran torero. Caramba, lleva varios años sin venir a Chile.

—Así es. Soy un turista consuetudinario y el mundo está lleno de lugares interesantes.

—No me interesa saber qué hizo en el extran-

161

jero ni los motivos por los que salió. Sin embargo le daré un consejo y gratis: éste no es el país que dejó al salir. Las cosas han cambiado y para mejor, así que no intente crear problemas. Estamos en democracia y todos felices.

El tipo tenía razón. El país estaba en democracia. Ni siquiera se molestó en decir que habían, o que se había, recuperado la democracia. No. Chile «estaba» en democracia, lo que equivalía a decir que estaba en el buen camino y que cualquier pregunta incómoda podía alejarlo de la senda correcta.

Tal vez ese mismo tipo había hecho parte de su carrera en prisiones que nunca existieron o de cuyos paraderos es imposible acordarse, interrogando a mujeres, ancianos, adultos y niños que nunca fueron detenidos y de cuyos rostros es imposible acordarse, porque cuando la democracia abrió las piernas para que Chile pudiera estar en ella, dijo primero el precio, y la divisa en que se hizo pagar se llama olvido.

Quizás ese mismo tipo que ahora se permitía darme el consejo de no ocasionar problemas fue uno de los que se ensañaron con Verónica, contigo, amor mío, con tu cuerpo y tu mente, y ahora disfruta la tranquilidad de los vencedores, porque nos ganaron, amor mío, nos ganaron olímpicamente y por goleada, sin dejarnos siquiera el consuelo de creer que habíamos perdido luchando por la mejor de las causas. Y como no se puede saltar al cuello del primer sujeto que nos huele a hijo de puta, decidí alejarme rápidamente del control policial.

Siguiendo las instrucciones de Kramer, apenas salí de los controles me fui a las ventanillas de la línea aérea nacional. Allí me entregaron los boletos para seguir vuelo a Punta Arenas. Disponía de dos horas, de tal manera que dejé la valija y salí del edificio para reencontrar el calor.

El aeropuerto está rodeado por un parque de coníferas, compré un periódico al azar y me dirigí a un asiento sombreado. Desde aquel lugar estudié el desplazamiento solar y me volví hacia el sur. En esa dirección, en algún lugar estaba Verónica. Casi me alegré de tener el billete a Punta Arenas en el bolsillo. Cuánto ansiaba y temía el encuentro.

Abrí el periódico. Las noticias hablaban de las dificultades de la selección chilena de fútbol, del aumento de las exportaciones, del encanto manifestado por los turistas que veraneaban en los balnearios costeros. Entre las informaciones destacaban fotografías de individuos sonrientes, triunfadores, dueños del futuro. Reconocí a varios ex dirigentes de la izquierda revolucionaria bajo trajes bien cortados y corbatas de diseño. No me importaron, soy todavía duro y el asco no me descontrola de buenas a primeras, pero creo que salté al ver la foto del hombre con los ojos abiertos y un agujero en medio de la frente.

La información hablaba de un crimen:

«En su domicilio de la calle Ureta Cox 120 departamento 3-C, fue encontrado el cadáver de Bonifacio Prado Cifuentes, cuarenta y cinco años, casado, sin profesión. Prado Cifuentes falleció de un disparo realizado a corta distancia. Según informaciones entregadas por la Brigada de Homicidios, Prado Cifuentes llevaba muerto unas cuarenta y ocho horas al ser encontrado por su cónyuge, Marcia Sandoval, de la que vivía separado. Consultados por la policía, los vecinos del inmueble declararon no haber escuchado ruido de pelea y mucho menos disparos en el departamento del occiso. Prado Cifuentes trabajaba como mayordomo del parvulario Lucero, en la comuna de San Miguel. Sus compañeros de trabajo lo definen como un hombre de carácter reservado...».

Vaya una vuelta de la vida. Durante muchos años quise encontrar a aquel hijo de puta del que no conocí más que su chapa política: «Galo». «Comandante Galo», y en ese momento, cuando todavía no llevaba media hora en Chile, un periódico me lo entregaba con un agujero entre los ojos y su identidad completa.

Lo conocí de la peor de las maneras, en Nicaragua a comienzos de los ochenta.

Los internacionalistas de la Brigada Simón Bolívar sabíamos de la llegada de un contingente de chilenos y argentinos, tipos preparados en academias militares de Cuba, la URSS, y otros países socialistas, que, una vez disparado el último tiro contra la guardia de Somoza, aparecieron por Nicaragua para cumplir labores de depuración ideológica. No les temíamos ni nos preocupaban, tal vez porque los nicas nos habían contagiado su cultura de los huevos bien puestos; tipos que no habían tocado en el baile no tenían derecho a estar en nuestra banda. Pero ellos lo veían de manera diferente.

Una noche de enero de 1980, cinco enmascarados me interceptaron cerca del lugar donde vivía. Al mínimo intento de alegato respondieron golpeando con las culatas de sus kalashnikovs impecables, limpísimas, de esas que no dispararon jamás contra la guardia somocista. Recuerdo que perdí el conocimiento mientras me machacaban tendido en el suelo de un jeep y que, cuando abrí nuevamente los ojos, estaba molido y desnudo en un cuarto vacío. Las pateaduras se repitieron varias veces, con los intervalos necesarios para que no disfrutara de la inconsciencia. Aquellos gorilas hacían bien su trabajo. Sabían que al despertar del cuarto o quinto K.O. la víctima ha perdido la noción del tiempo y no sabe dónde está. Pero yo conocía muy bien aquel cuarto. Entonces se presentó Galo.

Hizo que me sentaran con las manos atadas a las patas delanteras de la silla. «*Pau de arara* del burócrata» llamábamos a aquella posición en la vieja jerga. No era la postura más confortable, porque los deseos de doblar el cuerpo eran impedidos por el gorila que me sostenía de los pelos. Galo se sentó frente a mí con la cara descubierta.

—Mírame bien. Soy el comandante Galo y vamos a tener una larga plática. Nombre y nacionalidad.

—Comandante de columna Iván Leiva. Nicaragüense.

—Me cago en tu grado. Te llamas Juan Belmonte y eres chileno.

—Comandante de columna Iván Leiva. Nicaragüense. Tus hombres tienen mis papeles.

—Me limpio el culo con ellos. Eres chileno. Infiltrado para desestabilizar el proceso revolucionario. Eres un agente de la CIA.

—Comunista paranoico. Pruébalo. Y si quieres desconcertarme dile a tus gorilas que me lleven a otro lugar. Conozco este cuarto. Sé dónde estamos; en el búnker. En este mismo cuarto juzgamos a varios «orejas» luego del triunfo. ¿Sabes de qué hablo? Hubo una insurrección en Nicaragua.

Las pateaduras se prolongaron durante dos semanas, y las acusaciones bajaron de categoría: de agente de la CIA pasé a provocador. De eso a trotskista, luego a anarquista, finalmente mi gran pecado fue haber combatido junto al Chato Peredo en Bolivia. Entraba a la tercera semana en el búnker, cuando quiso la suerte que me viera un comandante sandinista.

—¡Hermano! ¿Qué haces aquí, y en bolas?

166

—Pregúntale a Galo.

Me sacó puteando a los gorilas de bellos uniformes, los que respondían haciendo chocar los talones y llevándose un puño cerrado al corazón. Mientras caminábamos por las ruinosas calles de Managua el sandinista me informó del trabajo de Galo.

—Les dieron con todo a los compañeros de la Simón Bolívar. Los desarmaron, detuvieron y juzgaron. Bueno. A su manera. La Brigada ya no existe, hermano. Lo sentimos, pero la política es el arte de negociar, y los cubanos tienen sus exigencias. Tú entiendes.

Entendí. Por entender, tuve que renunciar a mi recién adquirida nacionalidad nicaragüense, a mi nueva identidad, volver a ser chileno, a llamarme Juan Belmonte y a salir de Centroamérica. Pero por lo menos puedo contarlo. Otros no tuvieron la misma fortuna y desaparecieron en las mazmorras argentinas, paraguayas, uruguayas, porque Galo se encargó de devolverlos a sus países de origen.

Empezaba a sentir simpatías por el asesino de Galo cuando un detalle del periódico me inquietó. Junto a la toma que enseñaba el primer plano de su rostro había otra, de la habitación, que lo mostraba de cuerpo entero junto a una silla derribada.

A escasa distancia de sus pies se veía una estantería, y en la última tabla de arriba asomaba una figura que me pareció familiar.

Los detalles de la foto eran borrosos. Volví al

edificio del aeropuerto y fui directamente al puesto de prensa. Aliviado vi que tenían anteojos de lectura. Compré un par, y entonces la imagen amplificada me permitió reconocer al monigote: era un cascanueces de madera. Un típico cascanueces sajón.

No me gustó. Y siempre que algo no me gusta mis neuronas empiezan a hilar fino.

La información del periódico decía que Galo trabajaba en un parvulario desde hacía dos años. Eso significaba que regresó a Chile durante la dictadura. En 1980 era un tipo joven que reunía experiencia y hacía méritos. Luego de su trabajo en Nicaragua el Partido tenía que haberlo movido a un país socialista de los duros. A Cuba no. Los latinoamericanos siempre terminamos por encontrarnos para saldar las viejas cuentas, y los colombianos de la Simón Bolívar que consiguieron salir indemnes de Nicaragua se la tenían jurada. A Cuba no. Tampoco a China o a Corea. Los camaradas de ojos rasgados comerciaban con Pinochet. Tampoco a la URSS. En ese mismo año 1980 el PCUS congeló la preparación militar de los chilenos. Los soviéticos descubrieron que el aparato militar del partido comunista estaba infiltrado por la dictadura. Tampoco a la URSS. El trabajo realizado en Nicaragua hizo a Galo merecedor de un premio, y el único lugar donde podían dárselo era Cottbus, la academia de inteligencia militar de la RDA. Aquel cascanueces sajón insistía en probarme que

Galo estuvo en Cottbus y, de paso, en llenarme de interrogantes: si Galo pasó por Cottbus, ¿conoció al Mayor? ¿Era el hombre del Mayor en Chile? Si todo esto se confirmaba, el cadáver de Galo auguraba dificultades que ni Kramer ni yo supusimos.

—Quiero cambiar mi vuelo a Punta Arenas —dije a la chica de la aerolínea.

—¿Cuándo quiere volar, señor?

—Mañana, o pasado.

—Le haré reservaciones, señor Belmonte. Pero, por favor, si no vuela, cancele varias horas antes de la salida del avión.

—Gracias. Muy amable.

—De nada. Estamos en democracia.

Santiago. Qué ciudad tan fea. El sol pegaba como un castigo a las doce del día. Salí del metro a la Gran Avenida, justo a pocos metros de la calle Ureta Cox. No sabía qué buscar en la vivienda de Galo, pero iba seguro de encontrarlo. Frente al edificio había una fábrica. Varios obreros con monos azules se reunían en un quiosco de refrescos. Me acerqué y pedí un helado.

—Putas, qué calor hace —dijo un petisito que me recordó a Pedro de Valdivia.

—Así es. Hace más calor que la cresta —respondí sorprendido de recuperar el idioma chileno.

—Y uno trabajando, como huevón —agregó el petisito.

—Hay que trabajar.

—Claro. ¿Y usted? ¿En qué se las machuca?

—Soy cobrador de una mueblería. Espero a un cliente que vive ahí enfrente.

—¿Allí, donde se cargaron a un tipo?

—Allí mismo. Qué extraño que no se ven policías.

—Hay. Dejaron a un par de carabineros, pero ahora están almorzando en el bar de la esquina.

Subí los escalones de dos en dos. La puerta 3-C estaba sin llave, como si el cinturón de plástico del precintado judicial sirviera de barricada. Entré. Lo primero que vi fue la silueta de Galo marcada con tiza en el suelo. Fui directo a la estantería y tomé el cascanueces sajón. Lo di vuelta. Tenía una dedicatoria en alemán: «*Genosse Moreira wir werden siegen. Berlin, 7. November 1985*». Compañero Moreira, venceremos. ¿Se movió con esa chapa en la RDA? Recuerdo del día de la revolución bolchevique. Recorrí las habitaciones buscando lo que no sabía, hasta que de pronto decidí que estaba actuando estúpidamente. «Vamos, Belmonte», me dije, «¿dónde tendrías el barretín?»

Me envolví un puño con una toalla y rompí el espejo del baño. No fue difícil dar con el ladrillo suelto. En el barretín encontré una baqueta para limpiar un cañón calibre nueve, una lata de aceite Walter, y una llave con la inscripción: CORREOS DE CHILE 2722.

Salí de allí caminando con calma. Al pare-

cer los carabineros disfrutaban de un buen almuerzo.

Al llegar a la esquina de la Gran Avenida con
Ureta Cox pensé que me bastaba con subir al metro y en cinco minutos estaría frente a la casa de
la señora Ana. ¿Reaccionaría Verónica? ¿Sería,
amor, como si despertaras de un largo sueño? ¿Me
llenarías de preguntas? ¿Sería yo capaz de respon-
derlas? Con la llave en una mano entré a un restaurante.

—¿Qué va a ser? —saludó el mozo.

—El menú. ¿Qué hay?

—Pastel de choclos, ensalada, asado con papas
fritas, vino o agua.

—Asado.

—No. El menú es todo eso, además del postre,
se entiende.

Me sorprendió comprobar que no sentía el cansancio de las horas de vuelo y que además comía
con voracidad. «Vaya, Belmonte. Parece que sigues
siendo chileno», me dije trinchando carne asada.

«Galo», «Moreira», o como se llamara, debía de
tener alquilada la casilla en un correo de barrio,
pero no en el suyo. Tampoco cerca del trabajo.
Que la llave estuviera oculta en el barretín hablaba
de la importancia de la casilla. Debía de ser en un
correo de gran movimiento, pero no en el central.
Antes de pagar pedí una guía de teléfonos y miré
la larga lista de correos santiaguinos.

En el correo de la Avenida Matta, que elegí por

el comercio que lo rodea, no resultó. La llave no correspondía. En el correo del mercado central, tampoco. Inteligente, Galo. Me llevó tres horas dar con el correo preciso. Funcionaba en un edificio compartido con un municipio, un banco y un centro comercial.

Abrí la casilla. La urna estaba vacía. Luego de echar una mirada al personal decidí intentar un bluf. Me acerqué al funcionario de más edad.

—Señor, disculpe, ¿cómo se llama la señorita nueva?

—¿Cuál? Hay dos nuevas. ¿La rubia?

—No. La otra.

—Ah, Jacqueline. Se llama Jacqueline.

—Gracias. No me acordaba. Gracias.

—Claro, como es tan nueva...

Bendita la costumbre que obliga a los funcionarios a llevar una placa de acrílico con sus nombres.

Me acerqué a la ventanilla que atendía «J. Gatica» para seguir con el bluf.

—Señorita, ¿puede ayudarme?

—Diga, señor.

—Tengo una casilla aquí y estoy esperando una carta de Alemania. Es de mi hermano, ¿sabe?, y en ella vienen documentos importantes. Lo extraño es que ayer hablé por teléfono con mi hermano y me dijo que mandó la carta hace como dos semanas. ¿Qué habrá pasado?

—¿Cómo es su nombre?

—Bonifacio Prado Cifuentes, casilla 2722.

«J. Gatica» se levantó y consultó un grueso cuaderno. Anotó algo en un papel y regresó a su puesto.

—Ya recibió la carta, señor Prado. La pusimos en su casilla hace nueve días. Venía de Berlín, Alexander Platz, y el remitente respondía a las iniciales W.S.

—Qué cosas. Tal vez la retiró mi mujer y se olvidó de dármela.

—Eso debe ser, señor Prado.

Santiago era para mí una ciudad nueva en muchos aspectos. Algunos me alegraron, uno de ellos fue la proliferación de centrales telefónicas en las estaciones del metro. Cinco de la tarde en Chile. Diez de la noche en Hamburgo. Kramer esperaba mi llamada desde la Tierra del Fuego a la medianoche. Me adelanté.

—¿Belmonte? ¿Cómo va todo? ¿Dónde estás?

—Creo que nada va. Estoy en Santiago.

—¿Qué diablos pasa?

—Escuche, Kramer: quiero que use sus relaciones con la pasma grande. Quiero que averigüe si tienen algo sobre un tipo de iniciales W.S. Creo que es el hombre del Mayor.

—Está bien. Busca un hotel y me llamas enseguida.

Los ordenadores de la pasma grande funcionaron con gran efectividad en Alemania. La llamada de Kramer la recibí a las ocho de la noche en un cuarto del Hotel Santa Lucía. Al inválido se le notaba eufórico.

—¿Belmonte? ¡Bingo!

—Escupa de una vez.

—W.S. Werner Schroeders. Esa era la chapa de un oficial de inteligencia de la RDA en la base de Cottbus. Se llama en realidad Frank Galinsky, y eso no es todo: voló hace cuatro días a Santiago de Chile. Mañana sales a la Tierra del Fuego. No hay tiempo que perder.

—Hay un problema, Kramer.

—¿Cuál?

—El tipo tiene una pistola nueve milímetros.

—Imposible. Nadie mete armas en los aviones de Lufthansa.

—La compró aquí. Y mató al vendedor.

—Tenemos un trato, Belmonte. Mañana me llamas desde el sur.

—Cumpliré con lo pactado, Kramer. Pero voy a actuar a mi manera.

Vi caer la noche sobre Santiago. Y Verónica estaba tan cerca, tan cerca, amor, y yo con mi miedo al encuentro, que lentamente dejaba de ser miedo, y si no corría a tus brazos era porque estaba paralizado por esa maldita fiebre que me hace llegar al final de lo que empiezo, y porque la cercanía de la acción me fue mostrando un camino que ya creía olvidado, Verónica, mi amor, el camino que me llevaría de regreso al que fui, al que quisiste.

Tercera parte

... pues sólo a los bobos podría importarles
algo que no fuera el arte de seguir vivos.

Marcio Souza, final de *Mad María*

1
Tierra del Fuego: el último adiós

Griselda ocupaba una silla cerca de la chimenea y a la derecha del muerto. Junto a ella se sentaban el doctor Aguirre y su hijo Jacinto. Al otro lado del cajón se ordenaban: Mansur el de la pensión y su mujer Ana la mudita, Santos Ledesma el capador, el sargento Gálvez y el carabinero Bryce, policías que llegaron con la insólita misión de cuidar del orden público.

Cada uno de los presentes le había ofrecido sus sinceras condolencias, que Griselda primero escuchó avergonzada, pues ofrecían la confirmación a los infundados rumores de concubinato que rodearon su relación con el viejo Franz y que muy pronto fue aceptando como justas. Después de todo, la vida le debía un velorio en forma, con un muerto suyo presidiendo la ceremonia con su rostro cerúleo. A su difunto marido no pudo verle la cara antes del entierro, porque tenía puesta la escafandra de buzo y media tonelada de hielo lo separaba del mundo.

—No entiendo por qué lo hizo. Hace pocos días lo vi, cuando estaba cambiando el techo. Le ofrecí ayuda y me respondió que hay asuntos que un hombre debe hacer solo. Se veía bien. No lo entiendo, pero lo respeto —dijo Santos Ledesma.

—¿Estaba triste últimamente? —preguntó Mansur.

—No. Estuve con él antes de..., bueno. Quiso comer cabrito asado y se lo hice. Se tomó sus vasitos de vino y escuchó la música que le gustaba. Hasta hizo bromas antes de que lo dejara —sollozó Griselda.

—No es de cristianos volarse los sesos, disculpe señora —opinó el carabinero Bryce.

—Pero hay que ser buen hombre para hacerlo —corrigió el sargento Gálvez.

—¿Cambiamos de tema? —sugirió el doctor Aguirre.

—Tiene razón, doctor. Ven, mudita.

Llamó a Mansur y se alejó con su mujer hasta la chimenea. Griselda quiso levantarse también, pero Mansur la conminó con gentileza a permanecer sentada.

La mudita juntó brasas, puso sobre ellas una marmita con aceite y, cuando comprobó que estaba a punto de hervir, fue tirando los pequenes que traían preparados. Uno a uno se fueron dorando los pequenes, las empanadas sin carne, pura cebolla, y que son complemento indispensable de los velorios fueguinos.

Comieron con los cuerpos inclinados para evitar que las gotas de espeso jugo los mancharan.

Mansur sirvió vino y la bandeja de los vasos pasó de mano en mano.

—Usted sí que sabe hacer pequenes, Mansur —dijo el sargento Gálvez.

—Yo hago el relleno. El arte está en la masa y ése es trabajo de la mudita —contestó Mansur, palmoteando un brazo de su compañera.

—Tiene mano de monja, señora —piropeó el carabinero Bryce.

La mudita miró a Mansur con ojos interrogantes.

—Dice que tienes mano de monja.

La mudita sonrió y se precipitó a seguir friendo pequenes.

—Por el difunto. Que en paz descanse —brindó Griselda.

Todos asintieron levantando los vasos en silencio.

Jacinto y el doctor Aguirre salieron al aire libre. El cielo se veía intensamente azul y una bandada de avutardas volando hacia el norte les hizo alzar las cabezas. Caminaron hasta una loma desde la que se divisaba Bahía Inútil en toda su inmensidad.

—El mar cambia de color. Un invierno más —comentó el doctor.

—Oiga. ¿Cómo es eso del testamento? No termino de entenderlo.

—Muy simple. El viejo nombró a tu madre heredera universal de todos sus bienes. Casa, parcela, animales. Todo. Pero el testamento tiene una cláusula bastante especial: tu madre no puede ni vender ni hacer modificaciones en la casa.

—¿Durante cuánto tiempo?

—Nunca. Pero, si un día Griselda se nos va, entonces todo será tuyo y podrás hacer lo que quieras.

—Qué macana. Yo nunca quise al viejo, doctor. Siempre lo consideré un impostor, alguien que trataba de suplantar a mi padre. Y me fui a Punta Arenas porque no soporté las habladurías que corrían respecto de mi madre y él. Esa herencia hace de mi madre la viuda oficial del viejo. Si la quería tanto, ¿por qué no se casó con ella?

—Eres muy tonto, Jacinto. Entre tu madre y el viejo había algo muy intenso y bello que se llama amistad. Amistad entre dos seres con mucha vida detrás. Eso suele ser más interesante que el amor.

Cuando regresaron a la casa vieron un tercer caballo atado junto a los de los carabineros. Era el matungo del cura. Se veía como un enano peludo al lado de los briosos corceles de los policías.

El cura saboreó entre elogios un par de pequenes, se echó un vaso de vino al coleto, se colgó la estola del cuello y se acercó al muerto.

—En nombre del Padre, del Hijo y del Espíritu Santo. Yo te absuelvo de todos tus pecados, hermano Franz. Poco sabemos de ti, tal vez hay muchos detalles de tu vida que jamás conoceremos, pero tal vez Dios ha dispuesto que esta inmensidad esté llena de secretos. Has cometido el peor de los pecados, has quitado con tus manos la vida que sólo el señor podía retirarte. Sin embargo yo te absuelvo; Dios nunca mira para la Tierra del Fuego. Amén.

2
Tierra del Fuego: el descolgado

Al aterrizar en Punta Arenas agradecí el anorak que me proporcionara Pedro de Valdivia. El sol alumbraba, pero su calor era raptado por las ráfagas de viento gélido y salobre que azotaban los árboles y los cuerpos.

No me costó un gran trabajo llegar hasta la dársena y tampoco lo fue encontrar las puertas del Cinco Hombres y un Cajón de Muerto. Nunca antes había estado en esa ciudad austral, pero en Hamburgo escuché a docenas de marinos hablar del Cinco Hombres y un Cajón de Muerto como uno de los mejores tugurios para gente de mar.

Apenas traspuse el umbral sentí la acogedora bienvenida de una salamandra encendida en medio del local y el apetitoso aroma de cordero estofado que salía de la cocina. La barra era larga, de madera muy pulida y brillante. Detrás se ordenaban cientos de botellas, astrolabios, compases, gallardetes y otros utensilios de mar.

—Al cordero le falta un poco —saludó el mesonero.

—Puedo esperar.

—¿Seco?

—Póngame algo para calentar los huesos.

—Un guarapón entonces.

Una buena docena de hombres se repartía entre varias mesas. Hablaban de los precios del marisco. Puteaban a los pesqueros japoneses. Con el vaso de aguardiente me senté frente a una mesa vacía. Un tipo fornido giró el cuerpo para hablarme.

—¿Juega truco, paisano? Nos falta un cuarto hombre —dijo.

—Uno dispuesto a pagar el almuerzo —apuntó otro, que lucía un casco plateado de petrolero.

—No, lo siento. Siempre quise aprender pero no tuve la *chance*.

—Bueno. Si quiere aprender perdiendo, arrime la silla —invitó el fortacho.

Me uní a la mesa. El tercer hombre fumaba una pipa y empezó a barajar las cartas.

Era cierto que siempre quise aprender a jugar truco, pero también lo era que no deseaba hacerlo en esa ocasión. Así es siempre la vida.

—Tengo un amigo que es truquero. Y de los buenos —dije.

—¿Patagón o fueguino? —consultó el fortacho.

—De aquí. De Punta Arenas —respondí.

—Patagón entonces. ¿Y cómo se llama su amigo si se puede saber? —preguntó el fumador de pipa.

—Cano. Carlos Cano. ¿Lo conocen?

—Cano. El del *Perla del sur* —indicó el fortacho.

—El mismo. ¿Saben si está en la ciudad?

—¿Y usted sabe si él quiere que le respondamos? —consultó el del casco plateado.

—Apuesto el almuerzo a que se alegra de verme.

—Retruco. Si no se alegra, nosotros le pagamos la nueva dentadura, porque la va a necesitar —aceptó el fortacho.

El del casco plateado salió anunciando que volvía en media hora. Los otros dos me invitaron a cambiar el aguardiente por el vino que bebían.

—De nuevo somos tres. ¿Jugamos un dominó? —propuso el de la pipa.

Empezamos a disputar unas partidas de dominó. Sentía a los tipos observándome por el rabillo del ojo. Traté de jugar lo mejor que pude mientras pensaba en cómo reaccionaría Cano al verme.

Carlos Cano. Pocas veces he conocido a tipos con su humor. Era capaz de inventar chistes en medio de las situaciones más graves. Cano fue el único fueguino en el GAP, el grupo de amigos personales de Salvador Allende, la guardia privada del extinto presidente. Le llamaban el Llagán, o el Náufrago de Kanasaka, y siempre fue un tipo de un valor tan frío como la región de donde provenía. Como miembro del GAP combatió en el palacio de La Moneda aquel 11 de septiembre del 73.

Casi todo el GAP murió luchando junto a Allende, y Cano consiguió salvar la vida simulando estar muerto. Con dos balas en el cuerpo se tendió entre los compañeros caídos y, aguantando la respiración, vio cómo los oficiales del ejército asesinaban a los heridos. Pero salió del infierno y en cuanto se vio lejos del centro de Santiago saltó del camión que transportaba los cadáveres. Renqueando y debilitado por la sangre perdida llegó hasta el cordón industrial San Joaquín, donde todavía se combatía contra la soldadesca.

Allí lo revisó un médico moviendo la cabeza incrédulo.

—Tienes una bala en la panza y otra en un hombro —le dijo.

—Corresponde. Yo también disparé unas cuantas —respondió.

Cano consiguió salir a la Argentina en noviembre del 73, y el camino de su desencanto político se fue nutriendo con los fracasos de los Montoneros argentinos, de las Fuerzas Armadas Revolucionarias colombianas, y finalmente sufrió el fin de la Brigada Simón Bolívar en Nicaragua. La última vez que lo vi fue en 1985 en Malmö. Timoneaba un pequeño transbordador que unía ese puerto sueco con Copenhague.

—En un año me largo. He ahorrado dinero para comprar un barco. Un tremendo barco —dijo mientras bebíamos unas cervezas.

—¿En Chile?

185

—Sí, pero muy al sur. Nunca saldré más al norte que el Estrecho de Magallanes.

—¿Y las viejas causas?

—Que se vayan a la mierda. Pero sin mí. Yo soy un descolgado.

Cinco años más tarde volví a verlo, pero en la televisión alemana. Timoneaba el barco de unos alemanes buscadores de tesoros en las aguas preantárticas.

El hombre del casco plateado entró primero al bar y me señaló con un dedo. Detrás entró Cano. Me vio y se tapó los ojos. Enseguida, con un gesto me invitó a la barra.

—No. Sea lo que sea mi respuesta es no —dijo.

—Alégrate o tendré que pagarles el almuerzo a esos tres.

—Y a mí un trago. ¿En qué andas, Belmonte?

—En nada ilegal. Es un simple y puro asunto de trabajo.

—¿Cómo me encontraste?

—No olvidé tu confidencia en Malmö, luego te vi en la televisión alemana, y hace media hora les solté tu nombre a los amigos. Muy fácil.

—Y querías verme porque soy adorable. Suelta la pepa.

—Es largo. ¿Nos sentamos?

—Bueno. Pero no olvides que estás hablando con un descolgado.

Mientras los tres potenciales jugadores de truco devoraban una bandeja de cordero estofado a la que insistí en invitarles, Cano y yo nos sentamos frente a una mesa alejada. Allí hicimos lo que suelen hacer todos los veteranos que han sido cómplices en batallas perdidas: no hablar de ellas y asombrarse de seguir vivos.

Le expliqué los motivos que me llevaban a sus confines, el trato con Kramer, la historia de las monedas de oro, la muerte de Galo unida a la posibilidad de un segundo interesado en el botín, y finalmente le hablé de Verónica.

—No es el único caso. Lo siento, Belmonte. Lo siento de veras.

—Te creo. Necesito que me eches una mano.

—Si puedo, lo hago, aunque no deja de simpatizarme el alemán. También soñé con encontrar a Galo y pasarle la factura por lo de Nicaragua.

—Tú conoces la región. Puedes hacerme ganar tiempo.

—Algo. La Tierra del Fuego es muy grande, Belmonte. Y además está llena de secretos. Tu historia lo confirma.

—Nuestro amigo Franz Stahl, que debe de tener unos setenta y pico de años recibe su correspondencia en el Puesto Postal número cinco. ¿Te dice algo?

—No mucho. Ese punto está entre Puerto Nuevo y Tres Vistas.

—Chino para mí. Explícate.

—Puerto Nuevo es una pequeña caleta de pescadores. Antes eran balleneros, pero desde que los cetáceos desaparecieron exterminados por los japoneses la gente de allí se dedica a la pesca artesanal y a los mariscos, deben de sumar unas veinte familias. Tres Vistas está a unos cincuenta kilómetros de Puerto Nuevo. Es un paradero del camino, con apenas dos casas. Una sirve de pulpería y la otra de pensión. Al dueño de la pensión lo conozco. Es un tipo del norte y se llama Mansur. De lo que me dices deduzco que el alemán debe de vivir más cerca de Tres Vistas que de Puerto Nuevo, porque en la caleta hay una oficina de Correos. Tengo una idea, Belmonte. Sirve más vino que me estoy iluminando.

Salimos del Cinco Hombres y un Cajón de Muerto con rumbo a la Intendencia de Magallanes. Durante el camino, Cano me habló con orgullo del *Perla del sur,* un velero de tres palos que compró con los ahorros hechos en Escandinavia. Vivía del y en el barco. Durante los inviernos atracaba en el puerto deportivo de Punta Arenas y por los veranos organizaba viajes turísticos bordeando el Cabo de Hornos.

—Y busco tesoros. He encontrado una buena colección de cañones españoles y toda clase de chatarra bien pagada por los museos. Un día de éstos doy con el tesoro de Francis Drake.

—Todo suena bien, pero huele a misoginia.

—No creas. Los veranos los paso acompañado.

Mi mujer es submarinista. Ella pasa los inviernos en el norte, en Arica, enseñando a bucear a los turistas de aguas cálidas. Es mejor así. Nada como los inviernos en compañía de un barrilito de coñac y las obras completas de Simenon. Dos días antes la habrías conocido. Se llama Nilda y se va del Fin del Mundo junto a las primeras avutardas. Mira. Allá vuela una bandada. Llega el invierno, macho.

En el edificio de la Intendencia, Cano pidió hablar con alguien que evidentemente tenía la sartén por el mango, de otra manera no se explicaba la cortesía del oficial de carabineros que nos atendió. Esperamos unos cinco minutos y enseguida el oficial nos abrió una puerta enchapada en importancia. Tras el escritorio de caoba había un hombre que se incorporó apenas vio a Cano.

—Carlitos. Qué agradable sorpresa —saludó.

—Este es mi amigo Juan Belmonte. Belmonte, el señor Marchenko, encargado del petróleo magallánico.

—Juan Belmonte. ¿Sabe que tiene nombre de torero? —dijo estirando la derecha.

—¿Verdad? Es la primera vez que me lo dicen.

Luego de la presentación Cano indicó que yo era un agente de seguros interesado en solucionar un asunto de herencia. Agregó que venía de Alemania buscando a un tal Franz Stahl, del que por desgracia sólo tenía su dirección postal. Marchenko opinó que dar con un domicilio en la Tierra del Fuego era simple, siempre y cuando el buscado fuera propietario. Nos dejó solos un par de minutos al cabo de los cuales regresó con un mapa que extendió sobre el escritorio.

—Esta es la costa suroeste de la Tierra del Fuego. Franz Stahl es propietario de una parcela ubicada a quince kilómetros de Tres Vistas. Para llegar allá necesita un vehículo todo terreno o un caballo. ¿Puedo hacer algo más por usted, señor Belmonte?

—No. Ya hizo demasiado. Gracias.

—Juan Belmonte. Debe de ser reconfortante llamarse igual que el famoso torero. No son muchos los Belmonte en Chile, y nosotros los Marchenko somos menos todavía —dijo al despedirse.

—Puede que en el caso de los Belmonte sea una suerte para el país.

Salimos de la Intendencia con la información que me faltaba. Cano sonreía. Empezamos a caminar rumbo al puerto.

—No estuvo mal la observación sobre los Belmonte.

—Fui sincero. ¿Qué clase de sujeto es ése?

—Marchenko no es un mal tipo. Es un idiota ceremonioso y me manda turistas en el verano.

—¿Pariente del otro Marchenko?

—Hermano. Sabe que fui del GAP, aquí se sabe todo y, como vive con el culo a dos manos, trata de ser amistoso. Su hermano sigue en el ejército, ahora es coronel. Varias víctimas de las torturas lo han reconocido, pero es de los intocables.

—El precio de la democracia. Me cuesta creer

que estoy en Chile. Nunca pensé en regresar frenado por el miedo a toparme con tipos de su calaña, de los que siempre supieron lo que pasaba, no movieron un dedo por impedirlo y se dedicaron a profitar a la sombra de los que hacían el trabajo sucio. Supongo que ahora es un paladín de la democracia, de los capaces de reconocer que hubo excesos. Nauseabundo el precio de la democracia.

—Así es. Pero es un precio relativo. No pasa un mes sin que algún oficial involucrado en torturas o desapariciones no sea acribillado a tiros en la calle. Algo sano queda todavía en el país.

—Este país me interesa un carajo, Cano. Un carajo. No me has dicho adónde vamos.

—Al barco. Te voy a dejar al otro lado del estrecho. Considérate huésped del *Perla del sur*.

Cruzamos el estrecho con mar calma. El velero de Cano se deslizaba abriendo un delicado surco de espuma con el filo de la quilla. Además de Cano había otros dos tripulantes a bordo. Desde el castillo de mandos los vi manejar seguros el velamen. Eran hombres de pocas palabras, y de pronto envidié la vida de Carlos Cano. Lo sentí confiar en esos dos hombres y podía oler que ellos confiaban en su destreza de timonel. Juntos llegaban a donde querían ir. Alcanzaban los objetivos fijados, y son muy pocos los que pueden darse tal lujo.

La travesía duró cerca de tres horas. Atardecía cuando atracamos en el muelle de Puerto Nuevo, en Bahía Inútil. Cano dio la orden de que desembarcaran una motocicleta.

—Bueno, aquí estás, Belmonte. La moto tiene el estanque lleno. Ya sabes lo que tienes que hacer. Harás una hora de aquí a Tres Vistas. Allí saludas a Mansur de mi parte. El te indicará cómo llegar hasta la casa del alemán.

—Gracias, Cano. Cuando termine con esto volveré a Punta Arenas en el transbordador y te devolveré la moto. Hasta pronto.

—Buena suerte.

Eché a andar la motocicleta, una todo terreno de rugir poderoso. Estaba acomodándome el casco cuando oí a Cano gritar desde el velero.

—Belmonte, echa un vistazo en la caja de herramientas. Bajo el asiento.

Levanté el asiento. Entre varias llaves había una Browning calibre 765. Saludé a Cano alzando una mano.

—No es saludable ir desnudo por la vida —gritó desde la cubierta.

A los pocos minutos dejé atrás Puerto Nuevo. El camino aparecía tendido en la pampa como una flecha, y avancé al encuentro de la punta.

3
Tierra del Fuego: puesta de sol

Galinsky había hecho un largo camino hasta alcanzar la cumbre de la loma. Allí descansaba tirado boca abajo sobre la hierba, observando la casa del bajo.

De Berlín a Frankfurt, de ahí a Santiago, luego a Punta Arenas, para cruzar finalmente el estrecho. Y ahora estaba allí, a unos quinientos metros del objetivo. Abrió el macuto, sacó una tableta de chocolate y empezó a mascar lentamente. Luego tomó una botella de agua mineral, bebió unos sorbos y encendió un cigarrillo. Fumando pensó que todo se estaba dando más difícil de lo que creyera. Empezaban a intervenir los imponderables, los inevitables sucesos no previstos. Y como la única manera de enfrentarlos es conociéndolos, decidió hacer un recuento de la situación.

Pobre Moreira. Su idea inicial era reclutarlo, hacerlo actuar mientras él decidía desde la sombra. Un chileno tenía mejores *chances* de pasar inadvertido, pero lo encontró convertido en un histérico y en esa clase de sujetos en los que no se debe confiar. Al meterle el tiro entre los ojos supuso las dificultades que se le vendrían encima al tener que operar solo, sobre todo considerando que para dar con la identidad postiza de Hillermann se vería en la necesidad de interrogar a más de uno. No sabía a quién, pero tampoco era un secreto que la colonia alemana es numerosa en la Tierra del Fuego, y a veces los compatriotas se tornan comunicativos. Sin embargo los temores se disiparon al telefonear al Mayor desde Punta Arenas.

—Primera gestión O.K. Pero de Hillermann nadie sabe nada. Nadie recibe correspondencia bajo ese nombre —dijo Galinsky.

—Es lógico. Nuestro coleccionista se llama Franz Stahl. Un nombre bastante original. ¿Te alegra saberlo?

—Me emociona. Gracias por el dato.

El Mayor seguía siendo un modelo de efectividad. Tendido sobre la hierba, Galinsky se dijo que no valía la pena preguntarse cómo había conseguido la información, pero luego pensó en cómo lo hubiera hecho él.

«Veamos los hechos: Ulrich Helm, pese a ser un inválido nos la jugó en todo sentido. Podría decirse que, sin que nos diéramos cuenta, dirigió su propio interrogatorio. Supo desviar las preguntas evitando que llegásemos a la más importante: la nueva identidad de Hillermann, pero en ningún momento ignoró que su formulación era una cuestión de tiempo. ¿Y qué hizo entonces? Se nos fugó dos veces. La primera vez simulando un infarto en plena calle y la segunda cortándose las venas en un hospital. Un hombre tan leal no abandona a un amigo en peligro sin ponerlo sobre aviso... Eso es: le escribió. De alguna manera sacó la carta del hospital. Todo lo demás fue cuestión de charlar con los médicos o las enfermeras.»

Galinsky se frotó los brazos. Sentía deseos de levantarse, trotar un poco para que la sangre le devolviera el calor que empezaba a faltarle. Bostezó, y enseguida se abofeteó la cara. Se dijo que tal vez no fue una buena idea hacer el viaje de Porvenir a Tres Vistas durante la noche.

En Porvenir, en la agencia donde alquiló el Land Rover todo terreno, le dijeron que no resultaría difícil llegar a Tres Vistas y que allí le informarían de cómo llegar a la parcela de su amigo Franz Stahl.

—Son unas cinco o seis horas. Con un bidón de gasolina de repuesto le alcanza para ir y volver —le indicó el agente.

Galinsky salió poco después de la medianoche. La luna llena le iluminó el solitario camino haciendo casi innecesarios los focos. Iba tenso y al mismo tiempo alegre. Sentía que su cuerpo se preparaba a recibir la serenidad indispensable que augura el éxito de las misiones.

El camino era difícil, sembrado de baches, y el panorama que la luminosidad lunar le ofrecía a los costados resultaba tan monótono como desolador; una extensión de manchas grises apenas interrumpida por los arbustos de calafate. Pero Galinsky no había viajado veinte mil kilómetros para disfrutar del paisaje fueguino. La conocida obsesión por entrar en acción le fue ganando todos los músculos y así, de pronto, se palpó la entrepierna comprobando la erección atormentante. Recordó haber leído alguna vez sobre las erecciones y hasta eyaculaciones involuntarias que sorprenden a los cazadores en el instante más tenso de la faena, cuando toda la atención se centra en la presa y el ritmo respiratorio está determinado por su lejanía o acercamiento. «Y no sólo a los cazadores», murmuró. También a los soldados. Alejandro Magno pedía a sus oficiales que observaran las entrepiernas de los guerreros antes de entrar en combate.

El Land Rover avanzaba lentamente, esquivando los baches demasiado grandes y las pozas de profundidad sospechosas. Así lo sorprendieron los primeros albores del amanecer. La luna seguía brillando, como si dudara de la costumbre del sol que empezaba a emerger de las aguas del Atlántico. El conductor iba atento a los accidentes del camino. Apagó los focos. Su concentración le impidió ver la mirada de odio que le prodigaban los entumecidos teros desde lo alto de los postes del telégrafo, ni las nutridas bandadas de garzas que empezaron a surcar el cielo hacia el noroeste en cuanto el sol impuso su magnificencia. Aquellas aves venían de lejos, de tanto o más lejos que Galinsky, desde Las Malvinas o de Las Georgias del sur, buscando el abrigo de los fiordos al norte de la península de Brunswick.

A las seis y pico de la mañana detuvo el vehículo. Estaba en Tres Vistas. El lugar era tal como se lo describieran en la agencia de alquiler de vehículos: dos casas levantadas frente a frente, separadas por el camino, empeñadas en crear la ilusión de una calle.

Primero llamó a la puerta de la pensión sin obtener respuesta. Luego lo hizo en la pulpería y fue atendido por un anciano que lo miró entre amistoso y desconfiado.

—Sólo puedo ofrecerle mate y galletas —saludó el anciano.

—No tengo hambre. Busco a un amigo que vive cerca de aquí.

—Es que se fueron todos. No sé adónde. Tal vez me lo dijeron, pero lo olvidé. Se me olvida todo. Aguirre dice que son los años. ¿Le parece si mato una gallina?

—Mi amigo se llama Franz Stahl, ¿entiende? Es un alemán.

—Tal vez lo conozco. Quién sabe. Ahora no me acuerdo. Si no le gusta la gallina podemos matar un cordero, pero entonces tendrá que ayudarme. No tengo tantas fuerzas.

—¿Puedo hablar con alguien más?

—No. Ya le dije que se fueron todos.

—¿Quiénes son todos?

—Mi yerno Mansur, mi hija la mudita, el doctor Aguirre y el capador.

—¿Adónde fueron?

—¿Quiénes?

—Mansur, el capador, su hija.

—No me acuerdo. Se fueron y me dijeron: nos vamos, no hagas cabronadas. Sabía para dónde iban, pero lo olvidé. ¿Matamos un cordero?

Galinsky estiró un brazo y agarró al viejo por el cuello. Lo remeció con violencia hasta sentir que sus quejas se confundían con el lastimero cloquear de los huesos. Vio pánico en los ojos del anciano.

—Escucha, viejo de mierda. Franz Stahl, el alemán. ¿Cómo llego hasta su casa? Franz Stahl. Franz Stahl. Repite conmigo.

—Franz..., suélteme badulaque. Ahora me acuerdo.

—Habla. ¿Cómo llego hasta la casa de Franz Stahl?

—¿Tiene un caballo? Necesita un caballo.

—Tengo. ¿Cómo llego a la casa de Franz Stahl?

—Siga el camino hasta el puesto postal. Allí se mete a la pampa, hasta la quebrada. Al fin se ve la casa. ¿Dónde está su caballo?

—Escucha, imbécil: para llegar a la casa del alemán sigo el camino hasta el puesto postal, entro a la pampa hasta la quebrada, ¿es así?

—Si lo sabe para qué pregunta, carajo. ¿Qué hacemos con el cordero?

Galinsky soltó al anciano. Lo dejó mascullando maldiciones por no ayudarlo a matar un cordero. Fue hasta el Land Rover, sacó un mapa de la región y lo extendió sobre el asiento. Tal vez el anciano le había informado bien. Vio el punto que indicaba el puesto postal junto al camino. Al sur había un corto trecho de pampa y luego el mar. Hacia el norte vio marcados los signos de un accidente que podía ser un arroyo o una quebrada. Mucho más arriba corría el serpenteante China Creek, un río nacido en las faldas del Boquerón. Había también varios cuadraditos que representaban estancias ganaderas diseminadas junto al río. Un minúsculo círculo impreso al fin de la quebrada debía de ser la casa que buscaba. El anciano le tocó un brazo.

—Ahora me acuerdo —dijo.

—¿De cómo se llega a lo del alemán?

—Se fueron al velorio. Todos se fueron al velorio.

—¿Al velorio de quién?

—De su amigo el alemán. Mi sentido pésame.

El anciano permaneció con la mano estirada en medio del camino. Tosió y se restregó los ojos para seguir al vehículo alejándose entre una nube de polvo.

En la cumbre de la loma, Galinsky empezó a hacer unos ejercicios de relajamiento. Apretó primero los dedos de los pies, se llenó los pulmones de aire y lo fue soltando lentamente al mismo tiempo que estiraba los dedos. Luego repitió el ejercicio tensando los músculos de las pantorrillas, de los muslos, del culo, del abdomen, hasta llegar a las cejas. Al final se sintió recorrido por una ola de bienestar que permitió olvidar temporalmente las siete horas que llevaba tendido sobre la hierba.

Había dejado Tres Vistas a las seis y treinta de la mañana. Al filo de las ocho divisó la construcción sobre pilotes del puesto postal y se internó en la pampa. Fue una penosa travesía la que hizo hasta alcanzar la quebrada. Las ruedas resbalaban sobre el pasto aceitoso y varias veces estuvo a punto de perder el control. Abandonó el Land Rover al comienzo de la quebrada, era imposible seguir con él por el suelo de pasto resbaladizo, de tal manera que se echó el macuto a la espalda y caminó manteniendo un ritmo ágil hasta las nueve y treinta de la mañana. La quebrada terminaba en la loma desde donde vigilaba la casa del bajo. Los separaban unos quinientos metros de pampa.

Al parecer el anciano de Tres Vistas había recuperado la coherencia en un buen momento. Desde la loma, Galinsky observó la casa con unos prismáticos. Junto a la casa contó nueve caballos. Dos de ellos sobresalían entre los demás por estatura y garbo. Eran caballos finos; en cambio los otros seis eran más bajos y peludos. Al examinar las sillas de montar ordenadas en el porche de la casa, descubrió que dos de ellas mostraban el emblema de las carabinas cruzadas de la policía chilena. Más tarde vio a los uniformados, cuando en compañía de un individuo de cabellera cana salieron de la casa para hacer un corto paseo. Ocho personas diferentes habían salido y vuelto a entrar luego de visitar una pequeña construcción alejada de la casa y a la que se llegaba por un sendero de tablones bordeado de manzanos. Dos eran mujeres. Galinsky dispuso ocho fósforos sobre la hierba, y les fue adjudicando las características que observaba en los habitantes conforme aparecían y desaparecían bajo el techo de calaminas.

El sol empezó a bajar por el Pacífico. Galinsky recurrió una vez más a la tableta de chocolate.

«Es extraña la vida», se dijo, «llegué aquí con la determinación de eliminar a un hombre y me encuentro con que ya está muerto. ¿Qué le habrá ocurrido? ¿Un achaque propio de la edad? ¿Un accidente? ¿Recibió un aviso de su leal amigo Ulrich Helm y le falló el corazón?»

Desde que la vio, Galinsky no tuvo dudas acerca del propietario de la casa. Con los prismáticos recorrió la construcción de madera y se detuvo en los batientes de las ventanas. En todos ellos vio grabada la puerta de las tres torres coronadas por dos estrellas de David y una cruz cristiana. El peso de la nostalgia o la fuerza de la costumbre delataban a Hans Hillermann; aquélla podía ser una casa de Bergedorf, Curslack o de cualquier villorrio junto al Elba. Sólo la brillante techumbre de calaminas traicionaba la fidelidad arquitectónica.

Frank Galinsky vio el sol brillando como una enorme bola de fuego en el oeste. Calculó que aún quedaban unas dos horas de luz diurna y sin dejar de preguntarse qué diablos hacían con el muerto, sacó del macuto una delgada bolsa de dormir. Se metió en ella cubriéndose hasta la cabeza y se llevó los prismáticos a los ojos. Parecía un gusano gigante mirando la puesta de sol, pero Galinsky tenía la vista fija en los dos hombres que en ese momento salían de la casa, se alejaban unos cien metros y empezaban a cavar un agujero rectangular.

Tierra del Fuego: larga noche austral

Las dos edificaciones que componían Tres Vistas se veían como el ojo de una aguja abierto en medio del camino. Llegué allí cuando las sombras se adueñaban del paisaje. Las dos casas eran de madera, y las techumbres de coirón les daban un aspecto de animales en descanso. Una estaba decorada por un descomunal anuncio de Anís del Mono, y justo bajo las asentaderas del simio gemelo de Charles Darwin se leía un rótulo escrito con pintura oscura: PULPERIA DE UN CUANTO HAY. La otra casa mostraba un discreto anuncio pintado en un tablón: PENSION MANSUR. No se veía luz en ninguna de ellas. Antes de apagar el motor hice sonar el claxon. De la pulpería se asomó un vejete portando una lámpara de carburo.

—No están. No hay nadie —dijo escudriñándome.

—Usted es alguien, abuelo.

—Pase. Si quiere algo lo toma y anota el precio. Me dijeron que no haga cabronadas y que no me meta en el negocio.

Lo seguí dudando. No se veía fácil hablar con

ese viejo. Abrió la puerta de la pulpería y me indicó una silla. Adentro olía a especias, a café, a yerba mate, a tabaco, a los mil artículos ordenados en aparadores y cajones, entre utensilios de labranza, ollas, baldes y aperos de montar. Me tendió una gran calabaza de mate.

—¿Tiene hambre? Si quiere puedo matar una gallina, de las mías. ¿O prefiere un pedazo de cordero?

—Con el mate basta. Gracias. Abuelo, ando buscando a un alemán...

—Todos buscamos algo en la vida. Yo también busqué, pero no sé qué. Lo olvidé. Se me olvida todo. Aguirre dice que no debo comer carne.

—¿Quién es Aguirre?

—¿Aguirre? El doctor. Cura la sarna de las ovejas y la aftosa de las vacas. También cura a la gente, a veces. ¿Por qué busca al alemán?

—¿Lo conoce? Tengo un encargo para él. Es un asunto urgente.

—Quién sabe. Tal vez lo conozco. Ahora no me acuerdo. Espere a mi yerno. El conoce a todo el mundo.

—¿Dónde está su yerno? ¿Puede llamarlo?

—Se fue. Todos se fueron. Pero volverán. Tenga paciencia.

—¿Sabe adónde fueron?

—Me dijeron, pero lo olvidé. Ya le dije: lo olvido todo. Hay huevos cocidos. ¿Le traigo un par?

Vi moverse al viejo hasta un cuarto cercano. Al

poco rato regresó con una bandeja de huevos cocidos y una barra de pan de aspecto marmóreo; la dura galleta de los gauchos. Me invitó hasta una mesa. En el mostrador había varias botellas de vino argentino. Tomé una y fui hasta el viejo.

—Coma. No escuché a su caballo. ¿Dónde lo dejó?

—Vengo en moto. ¿Sabe lo que es una moto?

—Boludeces. Mariconerías. Los hombres viajan a caballo.

—Abuelo, ayúdeme. El alemán que busco se llama Franz Stahl y vive cerca de aquí. ¿Lo conoce?

—No me acuerdo. He conocido a muchos alemanes, buenos y malandras. Así es la vida. Si todos fueran buenos sería muy aburrida. También he conocido a gringos y croatas. Al norte del estrecho está lleno de croatas. No me gustan.

—Tómese un vino, abuelo. Franz Stahl. Franz, tal vez le dicen Francisco.

—Francisco fue un cacique. Francisco Calfucurá. De eso me acuerdo. De cuando se veían indios por aquí. Ya no quedan. Los gringos los mataron. Malandras. Los croatas también mataron indios. Ya le dije que no me gustan. Se comen los conejos. Boludos. Habiendo tanto cordero hacen daño a esos pobres bichos. ¿Juega truco? Cuando vuelva mi yerno y el doctor podemos echar unas manos.

Aquel viejo tenía los recuerdos diseminados como las piezas de un caleidoscopio y ordenárselos se veía como una larga tarea. Escuchándolo soltar frases que para él estaban llenas de sentido pensé en Verónica, en ti, Verónica, mi amor. ¿Ocurría lo mismo contigo? ¿Era tu silencio ausente un mundo de cristalitos que nadie, ni tú misma, conseguía disponer en su geometría exacta? Pero aquel viejo por lo menos hablaba, en cambio tú, mi amor, habías perdido hasta la arquitectura de las palabras.

Bebía de aquel vino áspero y fuerte cuando escuché ladridos de perros y ruido de cascos acercándose. El viejo encendió varias lámparas.

Primero entró un hombre de gruesa contextura, lo siguió una mujer pequeña y de ojos brillantes, enseguida otro individuo de cabellera cana y gruesos lentes con marco de carey. Me observaron extrañados.

—Debe unos huevos y dos botellas —dijo el viejo.

—Está bien, suegro. Anda a la cama —respondió el hombre grueso.

—¿Es usted Mansur, el de la pensión?

—Sí. La pensión y la pulpería me pertenecen. ¿Me buscaba?

—Me manda Carlos Cano. Dijo que usted podría ayudarme.

—¿Y usted, tiene también un nombre?

—Belmonte. Juan Belmonte.

—Como el torero. Yo soy Romualdo Aguirre. Matasanos —se presentó el de los lentes de carey.

—Ana, mi mujer. Es muda, pero escucha bien.

Todo es cuestión de alzar un poco la voz —dijo Mansur estrechándome la mano.

—Busco a un alemán. Se llama Franz Stahl. ¿Lo conocen?

Los recién llegados se miraron entre sí. Mansur tocó un brazo de su mujer y ella fue hasta el cuarto contiguo.

—Llega tarde, paisano. Doctor, hable usted con el amigo. Voy a desensillar los caballos.

Romualdo Aguirre tomó tres vasos y se sentó frente a la mesa. Me ofreció un cigarrillo. Sirvió vino y antes de hablar movió la cabeza.

—Supongo que viene de Alemania.

—Hablemos claro, doctor. ¿Cómo lo sabe?

—No lo sé. Lo supongo. El hombre que busca, Franz Stahl, está muerto. Hace unas horas lo enterramos. Se voló los sesos con una escopeta.

El nombre de Galinsky me rasguñó la lengua. Llegaba tarde. Es muy simple simular un suicidio con una escopeta.

—¿Cuándo ocurrió?

—Ayer por la noche. Se comportó de manera muy extraña los últimos días. ¿Es usted el que preguntó por un tal Hallmann, o Hillman en el correo de Punta Arenas?

—No. Pero creo que sé de quién habla. Se notaba extraño..., ¿qué más?

—Así, no. El que tiene mucho tema de conversación es usted —dijo Mansur desde la puerta.

Ana también se unió al grupo. Con manos

enérgicas cortó trozos de queso de oveja, pan y pedazos de charqui, esa fuerte carne seca de caballo que mi paladar había olvidado. Mansur descorchó otra botella de vino. Me sentía expuesto al veredicto de un jurado y, mientras buscaba las palabras precisas para hablarles del hombre que acababan de dejar bajo tierra, algo, ese algo inexplicable que rodea las muertes de quienes vivieron intensamente, me indicó que en la muerte del alemán había mucho de carta bien jugada, de carta de triunfo, de mueca sarcástica dirigida a Kramer, al Mayor, a Galinsky, a Galo y a todos los hijos de puta que se lanzaron a cazarlo. Y fue ese mismo algo, inefable, el que me hizo ver en esa muerte un guiño de amigo, de compañero, dedicado a Ulrich Helm, el otro protagonista de la historia, el que la pasó peor. Entonces, empecé por revelarles la verdadera identidad de Franz Stahl, y enseguida, fiel a los tiempos que me hicieron y a los que debo la amargura que camuflo de dureza, les narré la historia de aquellos dos antifascistas que soñaron con vivir la utopía de la libertad en la Tierra del Fuego y que para lograrla no vacilaron en robarle los huevos al águila en su mero nido.

En un silencio apenas interrumpido por los ronquidos del abuelo, que se negó a abandonar la mesa, escucharon la historia de aquella amistad, de una fidelidad que pasó por todas las pruebas, soportando incólume incluso la más terrible: la de los años.

208

—Nunca le vimos un gramo de oro. Todo lo que tuvo vino de sus manos, de su trabajo —suspiró Aguirre.

—¿Sesenta y tres monedas de oro? —dijo Mansur, incrédulo.

—De diez onzas cada una. Su valor es incalculable. Deben de estar en alguna parte —agregué.

—No me interesan. Aquí vivimos tranquilos con lo que tenemos. ¿Qué dice usted, doctor? —consultó Mansur.

—Me gustan las leyendas. Esas monedas serán una leyenda más. La Tierra del Fuego está llena de tesoros ocultos. Uno más no la desborda.

Ana golpeó la mesa y, mirando fijamente a los ojos de Mansur, empezó a gesticular con las manos. Su mirada brillaba, los movimientos eran enfáticos, seguros, indiscutibles. Mansur asentía con la cabeza.

—Creo que la mudita tiene razón. Ese oro traerá desgracias. La primera fue la muerte de Franz. Hay que encontrarlo antes de que se transformen en epidemia. Ella quiere saber quién es el hombre que preguntó por él en Punta Arenas.

Les dije lo que sabía de Galinsky, de las huellas que dejó a su paso por Santiago.

—Dos muertes —comentó Aguirre.

—Tres. No olvide a Ulrich Helm. Pienso como ella. Esas monedas no traerán más que complicaciones. Bueno. Les he dicho todo lo que sé, ahora quiero conocer los detalles de la muerte de Hillermann, o como ustedes prefieran llamarlo.

—Desde que supo que alguien preguntó por él, bueno eso lo sabemos recién, se tornó extraño —empezó a decir Aguirre—. Eramos amigos, todos lo apreciaban por acá. Hace unos cuatro días me sorprendió al pedirme que le ayudara a redactar un testamento, en él deja todos sus bienes a Griselda, una mujer viuda que lo acompañó durante unos veinte años. Escribí lo que me dictó, firmé como testigo y remití todo al notario de Porvenir. Esa fue la última vez que lo vi. Quien más sabe es Griselda, ella estuvo con él ayer por la tarde. Como siempre, fue a prepararle algo de comer y lo dejó a eso de las diez de la noche. Según ella lo dejó bien, tal vez un poco alegre por unas copas de vino que bebió mientras comía. Lo dejó, se alejó un kilómetro, y, de pronto, una de esas intuiciones de mujer la hizo volver. Estaba muy cerca de la casa cuando escuchó las detonaciones. Lo encontró muerto, con la escopeta todavía entre las piernas. Yo revisé el cadáver y puedo asegurar que se suicidó. Griselda salió de la casa en su cabalgadura y se vino directamente a avisarnos de la desgracia. ¿Qué más ocurrió? Salimos casi de inmediato y todavía no amanecía cuando llegamos a la casa de Franz. Anoche estaba Ledesma con nosotros, es un capador de borregos que recorre las estancias. A él lo mandamos a Puerto Nuevo para que avisara a la policía. Más tarde se nos unió con una pareja de carabineros —concluyó Aguirre.

—Debo ir a la casa del difunto. ¿Pueden ayudarme?

—Claro. Deje que amanezca y partimos. Los caballos necesitan unas horas de descanso —indicó Mansur, pero no pudo seguir hablando pues en ese preciso instante escuchamos los cascos de un caballo acercándose al galope.

Mansur salió a la puerta.

—Doctor. Es el animal de Griselda —llamó desde afuera.

Ana se llevó las dos manos a la boca.

—Mierda. Griselda se quedó sola allá —masculló Aguirre.

Saltamos de las sillas y el ruido despertó al abuelo.

—El viejo Franz. Usted también quiere ir donde el viejo Franz. No me pegue. Le diré cómo se llega —gimió buscando el amparo de Etelvina.

—Tranquilo, abuelo. Estás soñando —dijo Aguirre.

—No. El otro hombre que preguntó por el viejo Franz me pegó. Ahora me acuerdo. No dejen que me pegue.

—¿Cuándo le pegó el otro hombre, abuelo? Acuérdese. ¿Cuándo?

—No lo sé. Venía en un carro verde. No tenía caballo.

Salimos. Mansur maldecía el cansancio de sus

caballos. Aguirre tomó una lámpara y nos lanzamos a revisar el camino. No nos costó dar con las huellas de neumáticos y con la enorme pista dejada por Galinsky: al borde del camino brillaba una cajetilla de alemanísimos cigarrillos Revals.

—¿Por dónde? —pregunté ya trepado a la motocicleta.

—Derecho hasta el puesto postal. Luego siga la quebrada. Lo seguimos en una hora —respondió Aguirre.

Empezaba a amanecer cuando topé con la construcción levantada sobre pilotes. Antes de salir del camino detuve el vehículo, levanté el asiento y tomé la Browning. El sonido de la bala entrando en la recámara fue el primer signo de vida que escuchó la pampa.

5

Tierra del Fuego: un encuentro fraterno

El Land Rover había dejado huellas más que notorias en la pampa de coirones. Las seguí a toda velocidad hasta el pie de la ascendente quebrada. Galinsky no se tomó el trabajo de esconder el vehículo, actuaba con entera confianza e incluso se permitió el descuido de dejar los papeles del alquiler en la guantera. En ellos aparecía su nombre con todas sus letras. Abrí la tapa del motor, arranqué todos los cables del encendido y empecé a subir por un borde de la quebrada.

La motocicleta resbalaba en el pasto aceitoso, pero el vigoroso motor se imponía obligándola a brincar hacia adelante. Me sentía como un jinete del séptimo de caballería, una suerte de vengador llamado a llegar en el momento oportuno al escenario de la tragedia para evitarla, una soberana estupidez que comprendí cuando me faltaban unos cincuenta metros para alcanzar la cumbre de la loma; si continuaba en la moto, el sonido del motor alertaría a Galinsky.

Seguí subiendo a pie. En el cielo sin nubes planeaban en círculos unos pájaros negros. Pocos metros antes de la cumbre me tiré sobre la hierba y alcancé la altura a fuerza de punta y codos. Abajo se veía una casa. La incipiente luminosidad matinal hacía relucir el techo de calaminas. Decidí bajar dando un rodeo que me asegurase tener siempre el sol a la espalda.

Al llegar junto a la cruz de madera clavada sobre un montículo descubrí que iba perdiendo plumas blancas. El anorak de Pedro de Valdivia no resistió el descenso sobre los codos. Tenía una deuda más con el petisito. En la cruz leí dos palabras: FRANZ STAHL, y un par de metros más adelante vi algo que me obligó a sacar la Browning del bolsillo. Había dos perros muertos, eliminados por un buen tirador, pues ambos animales mostraban las cabezas reventadas.

«Bueno, Belmonte, llegó la hora de demostrar que todavía sirves para algo», me dije al correr zigzagueando hacia la puerta posterior de la casa. Entré acompañado de la nube de polvo y astillas que saltaron junto con las bisagras. Caí buscando una cabeza donde meter varios proyectiles 765, pero no vi más que el desorden provocado por el paso de un huracán o de un buscador de tesoros sin tiempo que perder.

Lentamente me alcé sobre las dos patas. Repasé los vestigios de la búsqueda realizada por Galinsky de derecha a izquierda manteniendo el índice soldado al gatillo. Entonces vi a la mujer.

He visto muchos muertos y en todos ellos

siempre advertí algo grotesco, como si el instante en que les abandona la vida les hubiera llegado de manera tan súbita que no alcanzan a disponer los cuerpos de una manera digna o armónica. La mujer tenía los brazos atados por las muñecas al borde de una alta chimenea. Las piernas fláccidas y dobladas hacían que sus brazos se vieran muy largos al tener que soportar todo el peso del cuerpo. Estaba desnuda de la cintura para arriba y tenía la cara y el tronco llenos de quemaduras.

Dejé la pistola en el borde de la chimenea para cortar las cuerdas con una mano y con el otro brazo sostener el cuerpo de la mujer. La tendí en el suelo. Una expresión de horror indicaba que había muerto en medio de las torturas. Mientras la cubría con una sábana pensé que, si ella había compartido el secreto de Hillermann, con seguridad lo había traicionado. Galinsky se mostró como un verdugo eficaz; todas las quemaduras afectaban solamente a la piel, sin llegar a chamuscar las carnes para evitar el desmayo de la víctima. En esos momentos estaría lejos. Me maldije por no haber inutilizado también la motocicleta luego de abandonarla a media subida. Me incorporaba, cuando algo frío presionó mi oreja derecha.

—Muévete despacio. Con mucho cuidado —dijo el dueño del cañón.

Me dejé empujar hasta una silla.

—Asiento. Y con las manos tocándose los hombros.

Obedecí. Despegó el cañón de mi oreja y sin dejar de apuntarme se sentó en el borde de una mesa.

—¿Quién eres? —preguntó.

—Eso no importa, Frank Galinsky.

El hombre que me apuntaba con una Colt nueve milímetros medía su buen metro noventa. Tenía el cabello rubio, bien cortado, y sus ojos azules no pudieron evitar la expresión de sorpresa.

—¿De dónde sabes mi nombre?

—Dejaste muchas pistas. Demasiadas. El Mayor no volverá a confiar en ti.

—Veo que sabes mucho. ¿Quién diablos eres?

—Me llamo Juan Belmonte. Nunca antes nos vimos, hasta ahora.

—Como el famoso torero. Háblame de mis errores.

—Uno: debiste limpiar la casa de Moreira luego de matarlo. Estuve allí y di con la llave de la casilla. Dos: le escribiste usando las iniciales de tu chapa, *Deckname:* Werner Schroeders. Eso dice en tu acta de la policía alemana. Tres: dejaste vivo al viejo de la pulpería. Son muchas fallas para un ex oficial de inteligencia. Demasiadas para un hombre de Cottbus.

—Nos volvemos viejos. Pero te aseguro que contigo no cometeré faltas. Supongo que sabes lo que busco.

—Desde luego. No fue necesario matar a la mujer. También vengo de Alemania tras la Colección de la Media Luna Errante. Pero hay una gran diferencia entre nosotros: yo sé dónde están las monedas.

—Formidable. Así podemos negociar. Te ves como un tipo bastante apegado al pellejo. Lo que hice con la mujer será un juego de niños comparado a lo que haré contigo.

—Te creo. Uno que toda su vida no fue más que un repugnante fascista rojo no conoce escrúpulos. Pero no te será fácil. Ella también conocía el escondite de las monedas. ¿Te das cuenta, *Genosse?* No eres sino un puñado de basura incapaz de actuar sin que te dirijan. Pura basura. Eso es lo que eres. Un *Ossi*.

Lo vi apretar la empuñadura de la Colt. El brillo de sus ojos delataba que los deseos de meterme un tiro le agarrotaban las manos. Quería matarme, pero no sin comprobar la veracidad de mis palabras. Tenía que ganar tiempo. Mansur, Aguirre y Ana debían de estar en camino.

—Voy a contar hasta tres. ¿Dónde están las monedas? Uno.

—¿Me crees un idiota? Estás lleno de dudas. No vas a tocarme un pelo antes de hacerme hablar. ¿Eran todos tan idiotas en Cottbus? ¿O es un problema de alimentación?

—... dos...

—Conforme. Si vas a eliminarme, es bueno que sepas que te debo algo. Siempre quise meterle un par de tiros a Moreira. Eramos viejos conocidos. Debió de contarte lo que hizo en Nicaragua. Yo estuve allí. Tienes a un guerrillero frente a ti, Galinsky. A uno que pudo probar su valor. Además de apretar el culo en los desfiles, ¿estuviste alguna vez en acción?

—... tres...

La bala me entró por el empeine izquierdo. Sentí el golpe que me aplastó el pie contra el suelo, luego la quemazón y enseguida el dolor que fue subiendo por la pierna.

—Estuve en Angola y Mozambique. Los chicos de Zamora Machel me enseñaron bastante esta clase de juegos. Si como dices fuiste un guerrillero, debes conocerlo. Se empieza por un pie, se sigue por el otro, y así vas ganando porciones de plomo. Vamos a jugar otra ronda. Uno...

El dolor trepaba por la pierna. Unos hilos de sangre empezaron a deslizarse por el zapato. Recordé los dos perros muertos. Una Colt como la que Galinsky esgrimía suele tener un cargador de nueve tiros. Todavía le quedaban seis.

—¿Dónde aprendiste español? Lo hablas con acento centroamericano. ¿Conoces la expresión «te jodiste, cabrón»? Eso mismo es lo que acabas de hacer. Te jodiste. Hillermann escondió las monedas muy lejos de aquí. Tendrás que cargarme. Te jodiste, cabrón.

—... dos...

—El idioma español tiene una larga lista de insultos y todos te vienen como regalados. Cabrón, pendejo, huevón, hijo de puta, mal parido, capullo, gilipollas, saco de huevas, pero el mejor insulto para ti viene de tu propia lengua: *Ossi*.

—No has entendido las reglas del juego. ¿Por qué los insultos? Después de todo tú y yo somos compañeros. Tú luchabas para construir el socialismo y yo lo defendía. Tres...

Alzó la pistola y me dejé caer de la silla al tiempo que el estampido de la escopeta estremecía la estancia. Galinsky saltó de la mesa impulsado por el impacto de la doble perdigonada y cayó cerca de mis pies con el pecho convertido en un manantial de sangre y tripas.

Carlos Cano. Permaneció parado en el umbral de la puerta.

—¿Por qué esperaste tanto antes de tirar? —me quejé desde el suelo.

—Me gustó la lista de putadas. Mierda. Te agujereó una pata.

Aguirre, Mansur y la mudita entraron después de Cano. Trémulos ante la carnicería no sabían qué hacer. Ana se aferró al pecho de Mansur conteniendo las arcadas.

—Aguante, que le voy a quitar el zapato —dijo Aguirre.

—Yo lo sujeto. Este tiene el pellejo duro —apuntó Cano.

La bala había entrado y salido limpiamente. Aguirre opinó que los huesos se veían bien. Desinfectó la herida, y luego de vendarla se ocupó de los cuerpos de Griselda y de Galinsky.

—Cano, ¿cómo llegaste aquí?

—No sé. Supongo que me interesó la historia del tesoro. Cuando ayer vi que te alejabas, pensé que tal vez podía echarte una mano y regresé a Puerto Nuevo. Pasé la noche allí. Al amanecer aparecí por Tres Vistas justo cuando los amigos venían para acá. Vimos los perros muertos, le pedí a Mansur la escopeta, y ya conoces el resto.

—No está mal para un descolgado.

—¿Y las monedas? ¿Verdad que sabes dónde están?

—¡Hijo de la grandísima puta! ¡Estuviste ahí afuera todo el tiempo!

Cano se encogió de hombros. Encendió un par de cigarrillos, me puso uno en la boca, y nos largamos a reír a carcajadas. Aguirre esperó pacientemente a que nos calmáramos.

—Yo sé dónde están. Llévese esa mierda —dijo, y con un gesto nos pidió que le siguiéramos.

Afuera, varios pajarracos negros planeaban en círculos sobre nuestras cabezas.

6

Santiago de Chile: último café

Me temblaban las piernas al cruzar la puerta del pequeño bar. Ocupé el taburete más próximo a la salida para observar desde allí la calle y la cercana casa. Pedí un café, y el mozo respondió con una larga disculpa que finalizó con alabanzas para el Nescafé. Respondí que no tenía importancia y mientras esperaba descubrí que, pese al calor, al sol matinal, a los árboles frondosos, Santiago se mostraba sumido en una atmósfera opaca, definitivamente de tristeza. La ciudad está triste. Así tituló Díaz Eterovic la única novela negra que se ocupa de Santiago y que alguna vez leí en Hamburgo. La ciudad está triste. Mierda, Belmonte, tienes que juntar fuerzas para cumplir con la mayor de las empresas. Juntar fuerzas para salir de ahí y cruzar la calle.

Cruzar la calle. Nada más, Verónica, mi amor. Cruzar la calle, tocar el negro pezón de baquelita del timbre y ya estaré contigo, enfrentando por fin tu realidad de ausencia y silencio. Tengo miedo. Déjame entonces que termine de beber el último café de todos estos años de distancia.

Desde el bar miré largamente la casa de la señora Ana. La herida del pie dolía todavía, pero no me importaba. Revolviendo la taza repasé por última vez lo ocurrido en la lejana Tierra del Fuego.

Apenas tres días atrás, Aguirre había trepado al reluciente techo de calaminas de la casa de Hillermann. Cano lo siguió. Con un martillo fueron soltando los clavos que fijaban las planchas de zinc y de entre las junturas sacaron las malditas monedas de oro. Astuto alemán. Incluso se dio el trabajo de impregnarlas de brea para ocultar su brillo.

Una tras otra cayeron allí donde me encontraba. Con una navaja raspé la capa de brea y apareció el brillo conservado por la ambición a través de los siglos en las sesenta y tres monedas frías, tan frías como la media luna que las adornaba.

—Llévese esa mierda —dijo Aguirre. Y toda aquella riqueza quedó dispersa sobre la hierba, unida al estiércol de los agotados caballos, mientras él, Cano, Mansur y la mudita se ocupaban respetuosamente de los muertos.

—Supongo que hay que dar cuenta de todo esto a la policía —dije mientras guardaba las monedas.

—Váyase. Si avisamos a los carabineros, se correrá la voz, otros supondrán la existencia de más oro y esto se llenará de indeseables. Lárguese y preocúpese de que esa mierda se aleje de la Tierra del Fuego. Nosotros sabemos qué hacer con los muertos —indicó Mansur.

—Tienen razón. Los tesoros son valiosos nada más que como tema para charlar durante los inviernos —agregó Cano.

Desde el aeropuerto de Punta Arenas llamé a Kramer.

—Tengo su basura. Toda.

—Bravo, Belmonte. Sabía que no me fallarías. ¿Fue difícil?

—Qué importa. Ahora le corresponde cumplir con su parte del trato.

—Apenas tenga esos objetos sobre mi escritorio.

Dejé unas monedas sobre la mesa y cojeando salí del bar. La ciudad seguía triste, aunque fuera verano, aunque ni una sola nube se interpusiera entre los hombres y el cielo, aunque ningún pájaro negro planeaba sobre mi cabeza, y así empecé a cruzar la calle, pensando, Verónica, mi amor, pensando por qué tememos tanto mirar de frente a la vida los que hemos visto los áureos destellos de la muerte.

Hamburgo 1993-París 1994

*200. El mito trágico
de «El ángelus» de Millet*
Salvador Dalí

201. La Escuela Moderna
Francisco Ferrer y Guardia

*202. La Mafia se sienta a la mesa
Historias y recetas
de la «Honorable Sociedad»*
Jacques Kermoal y Martine Bartolomei

203. Los Bioy
Jovita Iglesias y Silvia Renée Arias

204. Cándido o Un sueño siciliano
Leonardo Sciascia

*205. Ideas sobre
la complejidad del mundo*
Jorge Wagensberg

*206. Yo no tengo la culpa
de haber nacido tan sexy*
Eduardo Mendicutti

207. Vineland
Thomas Pynchon